May Sinclair

Leben und Tod der Harriett Frean

Roman

May Sinclair

Leben und Tod der Harriett Frean

Roman

Aus dem Englischen übersetzt mit einem
Nachwort von Meike E. Fritz

*Anglophilia – die besondere
Bibliothek*

Band 4

Bibliografische Information der Deutschen National-bibliothek: Die Deutsche Nationalbibliothek verzeichnet diese Publikation in der Deutschen Nationalbibliografie; detaillierte bibliografische Daten sind im Internet über http://dnb.dnb.de abrufbar.

Die englische Originalausgabe erschien 1922 unter dem Titel „Life and Death of Harriett Frean",
William Collins & Co. Ltd.
Copyright © 1922 May Sinclair
Copyright © The Estate of May Sinclair

Copyright der deutschen Übersetzung und des Nachwortes © 2021 Meike E. Fritz

Umschlaggestaltung unter Verwendung des Aquarells „Rote Lichtnelke" von Elsa M. Felsko, Wikimedia Commons

Herstellung und Verlag: BoD – Books on Demand, Norderstedt

ISBN: 978-3-7543-5139-0

I.

„Pussycat, Pussycat, where have you been?"
„I have been to London, to see the Queen."
„Pussycat, Pussycat, what did you there?"
„I caught a little mouse under the chair."

Ihre Mutter sagte es drei Mal, und jedes Mal lachte die kleine Harriett. Der Klang ihres Lachens war so lustig, dass sie wiederum darüber lachen musste; sie lachte immer weiter mit immer schrillerem Kreischen.

„Ich frage mich, warum sie das lustig findet", meinte ihre Mutter.

Ihr Vater dachte darüber nach. „Ich weiß nicht. Vielleicht die Katze und die Königin. Aber nein, das ist nicht lustig."

„Sie findet darin etwas, was wir nicht sehen, der Schatz", sagte ihre Mutter. Beide küssten sie nacheinander, und die kleine Harriett hörte plötzlich auf zu lachen.

„Mama, *hat* Pussycat die Königin gesehen?"

„Nein", sagte Mama. „Gerade als die Königin vorbeiging, kam die kleine Maus aus ihrem Loch und lief unter den Stuhl. Das hat das Kätzchen gesehen."

Jeden Abend vor dem Schlafengehen erzählte sie denselben Reim und Harriett stellte dieselbe Frage.

Wenn das Kindermädchen gegangen war, lag sie in ihrem Bettchen und wartete. Dann ging die Tür auf, der große, ausladende Schatten bewegte sich über die Zimmerdecke, der Schatten des Schutzgitters am Kamin verblasste und verschwand, und dann kam Mama mit einer brennenden Kerze herein. Ihr Gesicht leuchtete weiß zwischen ihren langen, herunterhängenden Locken. Sie beugte sich über das Bettchen, hob Harriett auf, und ihr Gesicht vergrub sich in den Haarlocken. Das war der Küss-mich-in-den-Schlaf-Kuss. Und wenn sie gegangen war, lag Harriett wieder still da und wartete. Gleich darauf kam Papa herein, groß und dunkel im Licht des Feuers. Er beugte sich vor, und sie sprang in seine Arme. Das war der Küss-mich-wach-Kuss; das war ihr Geheimnis.

Dann spielten sie. Papa war Pussycat und sie war die kleine Maus in ihrem Loch unter dem Bettzeug. Sie spielten, bis Papa sagte: „Das ist genug!", und die Laken ganz feststeckte.

„Jetzt küsst du wie Mama —"

Stunden danach kamen sie gemeinsam wieder und beugten sich über das Bettchen, und sie sah sie nicht; sie küssten sie mit zarten, leichten Küssen, und sie wusste es nicht.

Sie dachte: „Heute Nacht werde ich wach bleiben und sie sehen." Aber sie tat es nie. Nur einmal träumte sie, dass sie Schritte hörte und die brennende Kerze sah, die aus dem Zimmer ging, ganz fortging.

Das blaue Ei stand auf dem Marmoraufsatz des Kabinetts, wo man es von überall her sehen konnte; es wurde von einem goldenen Umlaufband gestützt, von goldenen Ringen und goldenen Beinen, und es trug eine goldene Kugel mit einem Schmuckband wie eine Krone. Man hätte nie vermutet, was sich in ihm befindet. Man berührte eine Feder in seiner Ummantelung und es sprang auf, und dann war es ein Nähkästchen. Goldschere und Fingerhut und Ösenstecher, die aufrecht in Löchern steckten, die in weißen Samt geschnitten waren.

Das blaue Ei war das Erste, woran sie dachte, wenn sie ins Zimmer kam. Es gab nichts Vergleichbares im Haus von Connie Hancocks Papa. Es gehörte Mama.

Harriett dachte: „Wenn sie nur Geburtstag haben könnte und aufwachte und feststellte, dass das blaue Ei *ihr* gehörte —"

Ida, die Wachspuppe, saß auf dem Sofa im Salon, fertig angekleidet für den Geburtstag. Der Liebling hatte richtige Menschenaugen aus Glas und richtige Wimpern und Haare. Kleine Finger und Fußnägel waren in das Wachs geprägt, und sie roch nach dem Lavendel, der mit ihren Kleidern zusammen verwahrt wurde.

Aber Emily, die neue Geburtstagspuppe, roch nach Kunststoff und nach Klebstoff und Heu; sie hatte plattes, gemaltes Haar und gemalte Augen und einen dummen Ausdruck im Gesicht, so wie die Tante des Kindermädchens, Mrs Spinker, wenn sie sagte, „Wie ein Gänseblümchen!" Obwohl Papa ihr Emily geschenkt hatte, konnte sie für sie nie die wirklich liebevolle Liebe empfinden, die sie für Ida hegte.

Und ihre Mutter hatte ihr gesagt, dass sie Ida an Connie Hancock ausleihen solle, wenn Connie sie möchte.

Mama konnte nicht verstehen, dass so was nicht möglich war.

„Mein Schatz, du darfst nicht selbstsüchtig sein. Du musst tun, was dein kleiner Gast wünscht."

„Das kann ich nicht."

Aber sie musste; und sie wurde aus dem Zimmer geschickt, weil sie weinte. Es war viel schöner oben im Kinderzimmer bei Mimi, der Angorakatze. Mimi wusste, dass etwas Bedauerliches passiert war. Sie saß ruhig da und hob nur die Spitze ihres Schwanzes, wenn man sie streichelte. Wenn sie doch nur bei Mimi hätte bleiben können; aber schließlich musste sie zurück in den Salon.

Wenn sie Mama nur hätte sagen können, wie es sich anfühlte, Connie weggehen zu sehen, mit Ida im Arm, fest an sich gedrückt und sie tätschelnd, als ob Ida *ihr* Kind wäre. Sie sagte sich beständig, dass Mama das nicht wusste; sie wusste nicht, was sie getan hatte. Und als alles vorbei war, nahm sie die Wachspuppe und legte sie in den langen schmalen Karton, in dem sie angekommen war, und vergrub sie in der obersten Schublade im Schrank des Gästezimmers. Sie dachte, „Wenn ich sie nicht für mich haben kann, will ich sie überhaupt nicht haben. Ich habe Emily. Ich muss einfach nur so tun, als wäre sie kein Dummkopf."

Sie tat so, als sei Ida tot, im Pappkartonsarg liegend und begraben im Schrankfriedhof.

Es war schwer, so zu tun, als sähe Emily nicht wie Mrs Spinker aus.

II.

Sie war der Überzeugung, dass das Haus ihres Vaters schöner war als die Häuser anderer Leute. Es stand abseits der Hauptstraße, in Black's Lane, oben an der Biegung. Man gelangte zu ihm an einer Reihe von Ulmen vorbei, die entlang der Mauer von Mr Hancock standen. Hinter dem letzten Baum erhob sich sein schmales weißes Ende direkt am Gehweg mit einem grünen Balkon, der wie ein Vogelkäfig über der grünen Haustür heraushing.

Die Straße machte hier eine scharfe Kurve und verlief weiter, und die lange braune Gartenmauer schloss sich ihr an. Hinter der Mauer floss der Rasen hinab vom weißen Haus und der grünen Veranda zu den Zedern am unteren Ende. Jenseits des Rasens war der Küchengarten und hinter dem Küchengarten der Obstgarten; kleine verkrüppelte Apfelbäume, die sich hinunter ins hohe Gras beugten.

Sie war froh, zum Haus zurückzukommen nach dem Spaziergang mit Eliza, dem Kinderfräulein, oder mit Annie, dem Hausmädchen; durch alle Zimmer zu gehen und nach Mimi zu suchen; nach Mama zu suchen und ihr zu erzählen, was passiert war.

„Mama, die rothaarige Frau im Süßigkeitenladen hat ein kleines Baby, und seine Haare sind auch rot … Eines Tages werde ich ein kleines Baby haben. Ich werde ihm ein langes Kleid anziehen –"

„Gewand."

„Gewand, mit Spitzenbändern bis ganz nach unten, so lang wie *das*; und einen weißen Taufumhang, bestickt mit weißen Rosen. Wird es nicht hübsch aussehen?"

„Sehr hübsch."

„Es wird ganz viel Haar haben. Ich werde es nicht gern haben, wenn es das nicht hat."

„Oh doch, das wirst du."

„Nein. Es muss dichtes, welliges Haar haben, wie Mimi, damit ich es streicheln kann. Was würdest du lieber haben, ein kleines Mädchen oder einen kleinen Jungen?"

„Nun – was denkst du –?"

„Ich glaube – vielleicht hätte ich lieber ein kleines Mädchen."

Sie wäre wie Mama, und ihr kleines Mädchen wäre wie sie selbst. Sie konnte sich das nicht anders vorstellen.

Der Schulausflug fand auf Mr Hancocks Wiese statt. Den ganzen Nachmittag hatte sie mit den Kindern verbracht, ‚Die goldene Brücke' gespielt,

‚Ringlein, Ringlein, du musst wandern' und ‚Hab'
ein Nüsslein gefunden', immer wieder. Und sie
hatte ihrer Mutter geholfen, Kuchen und Brötchen
am Kindertisch zu verteilen.

Der Tee für die Gastkinder wurde zuletzt
aufgetragen, oben auf dem Rasen am riesigen
Haus aus braunem Backstein, mit vielen Fenstern.
Es gab nicht für alle Platz am Tisch, also
setzten sich die Mädchen zuerst hin, und die
Jungen warteten, bis sie an der Reihe waren.
Einige von ihnen drängelten sich vor und
stibitzten.

Sie wusste, was sie nehmen würde, sie würde mit
einem Brötchen anfangen und würde über zwei
Sorten Marmelade zum Madeira Kuchen übergehen
und mit Himbeeren und Sahne aufhören. Oder
vielleicht wäre es sicherer, mit Himbeeren und
Sahne anzufangen. Sie hielt ihr Gesicht ganz ruhig,
um nicht gierig auszusehen, und versuchte nicht auf
den Madeira Kuchen zu starren, damit nicht
jemand sehen würde, dass sie über ihn nachdachte.
Mrs Hancock hatte ihr den bekrümelten Teller von
jemand anderem gegeben. Sie dachte: „Ich bin
nicht gierig, ich bin wirklich richtig hungrig." Sie
konnte sich an der Taille zusammenziehen mit
einem flachen, erschöpften Gefühl, wie die beiden
Enden einer Ziehharmonika, die zusammenkamen.

Sie tat das, als sie ihre Mutter sah, die auf der anderen Seite das Tisches stand und sie anblickte und ihr Zeichen gab.

„Wenn du fertig bist, Hatty, solltest du besser aufstehen und den kleinen Jungen etwas essen lassen."

Sie drehten sich alle herum und blickten sie an. Und da stand der bekrümelte Teller vor ihr. Sie dachten: „Dieses gierige kleine Mädchen hat einfach immer weitergegessen." Sie stand plötzlich auf, ohne ein Wort, und verließ den Tisch, den Madeira Kuchen und die Himbeeren mit Sahne. Sie konnte fühlen, wie ihre Haut vor Scham ganz heiß und feucht war.

Und nun saß sie zu Hause am Tisch im Salon. Ihre Mutter hatte ihr ein Stück Kümmelkuchen und eine Tasse Milch mit Rahm gebracht. Mamas sanfte Augen liebkosten sie, während sie ihr zusahen, wie sie ihren Kuchen mit kleinen krümeligen Bissen aß, wie eine kleine Katze. Unter Mamas Blick fühlte sie sich so gut, so gut.

„Warum hast du mir nicht gesagt, dass du noch nicht fertig warst?"

„Fertig? Ich hatte noch nicht einmal angefangen."

„Oh-h, Schatz, warum hast du mir das nicht *gesagt?*"

„Weil ich – ich weiß es nicht."

„Nun, ich bin froh, dass mein kleines Mädchen nicht zugegriffen und geschubst hat. Es ist besser, ohne etwas zu gehen, als anderen etwas wegzunehmen. Das ist hässlich."

Hässlich. Ungezogen zu sein war genau das. Hässliche Dinge tun. Gut zu sein, war so schön zu sein wie Mama. Sie wollte wie ihre Mutter sein. Hier am Tisch zu sitzen und gut zu sein, fühlte sich köstlich an. Und der weiche Rahm mit der flüssigen Milch darunter, dünn und kalt, war auch köstlich.

Plötzlich drängte sich ihr ein Gedanke auf. Da gab es Gott und da gab es Jesus. Aber selbst Gott und Jesus waren nicht schöner als Mama. Das konnten sie nicht.

„Du solltest solche Dinge nicht sagen, Hatty, wirklich nicht. Es könnte etwas auslösen."

„Oh, nein, das wird es nicht. Du denkst doch nicht, dass sie die ganze Zeit zuhören."

Solche Dinge zu sagen gab einem ein gutes und zugleich ungehöriges Gefühl, was aufregender war als nur das eine oder andere. Aber das erschrockene Gesicht von Mama verdarb es. Was glaubte sie – was glaubte sie, würde Gott tun?

Rote Lichtnelken.

Am unteren Ende des Obstgartens ging eine Tür zur Black's Lane hinaus, unter den drei großen Ulmen.

Sie konnte nicht glauben, dass sie wirklich allein dort spazieren ging. Es war ganz plötzlich gekommen, der Gedanke, dass sie es machen *muss*, dass sie auf die Gasse hinaustreten *muss*; und als sie die Tür unverschlossen fand, schien sich etwas ihrer zu bemächtigen und sie hinauszuschieben. Es war ihr verboten, in die Black's Lane zu gehen. Sie durfte noch nicht einmal mit Annie dort spazieren gehen.

Sie sagte sich beständig: „Ich bin in der Gasse. Ich bin in der Gasse. Ich gehorche Mama nicht."

Nichts konnte das rückgängig machen. Sie war ungehorsam, indem sie einfach vor der Tür des Obstgartens stand. Ungehorsam war so etwas Großes und Schlimmes, dass es Verschwendung wäre, nicht etwas Großes und Schlimmes damit anzufangen. Also ging sie weiter, immer weiter, an den drei großen Ulmen vorbei. Sie war ein großes Mädchen, das schwarze Seidenschürzen trug und Französisch lernte. Das allein spazieren ging. Als sie ihren Rücken streckte und ihren Bauch herauswölbte, fühlte sie sich wie eine große Dame in Krinoline und Schal. Sie schwang die Hüften und ließ ihren Rock flattern. Das war ihre

Erwachsenenkrinoline, die hin- und herschwang, als sie lief.

An der Biegung fingen Wiesenkerbel und rote Lichtnelken an: auf jeder Seite ein langer Schweif aus weißem Schaum mit roten Köpfen der Nelke, die hervorschaute. Sie machte sich ein Sträußchen.

Hinter der zweiten Biegung traf man auf das verwaiste Grundstück, das mit alten Stiefeln und verrosteten, verbeulten Dosen bedeckt war. Das kleine schmutzige braune Haus stand hinter dem wackeligen blauen Lattenzaun; schmal, wie ein Teil eines Hauses, das in zwei Hälften geschnitten worden war. Es versteckte sich, gebeugt unter dem Efeubusch auf seinem Dach. Es war nicht so wie Häuser, in denen Menschen wohnten; es gab etwas Eigenartiges, Verschwiegenes, Beängstigendes an ihm.

Der Mann trat heraus, kam zum Tor und blieb stehen. *Er* war das Beängstigende. Als er sie sah, trat er zurück und kauerte sich hinter den Lattenzaun, bereit, hervorzuspringen.

Sie kehrte langsam um, als ob ihr etwas eingefallen wäre. Sie durfte nicht rennen. Sie durfte *nicht* rennen. Wenn sie rannte, würde er hinter ihr herlaufen.

Ihre Mutter kam den Gartenweg entlang, groß und schön in ihrem silbergrauen Kleid mit den schwarzen Samtborten an den Volants und Ärmeln, ihr weiter Reifrock schwang, streifte die Blumenbeete.

Sie lief zu ihr hin und rief, „Mama, ich bin die Gasse entlanggelaufen, wo ich nicht laufen sollte."

„Nein, Hatty, nein, das hast du nicht."

Man konnte sehen, dass sie nicht böse war. Sie war verängstigt.

„Doch. Doch."

Ihre Mutter nahm den Strauß Blumen aus ihrer Hand und betrachtete ihn. „Ja", sagte sie, „dort, wo die dunkelroten Lichtnelken wachsen."

Sie hob die Blumen an ihr Gesicht. Es war schrecklich, denn man konnte sehen, wie sich ihr Mund verzog und rot wurde an seinen Winkeln und zitterte. Sie verbarg das hinter den Blumen. Und irgendwie wusste man, dass es nicht die eigene Ungezogenheit war, die sie zum Weinen brachte. Da war noch etwas.

Sie sagte mit belegter, sanfter Stimme, „Es war unrecht von dir, mein Schatz."

Plötzlich neigte sie ihre hohe Aufgeschossenheit. „Rosentagnelke", sagte sie, während sie die Stängel mit ihren langen, schmalen Fingern teilte. „Sieh mal, Hatty, wie *schön* sie sind. Lauf und stelle die armen Dinger ins Wasser."

Sie war so still, so still, und ihre Stille schmerzte weit mehr, als wenn sie ärgerlich gewesen wäre.

Sie musste sofort zurück ins Haus zu Papa gegangen sein. Harriett wusste das, denn er ließ nach ihr schicken. Er war auch still. … Das war die kleine, versteckte Stimme, mit der er dir Geheimnisse erzählte. … Sie stand dicht bei ihm, zwischen seinen Knien, und seine Arme umfingen sie leicht, um sie dort zu halten, während er ihr in die Augen sah. Man konnte Tabak riechen und den merkwürdigen, sauberen Geruch eines Mannes, der aus seinem Kragen hervorstieg. Er lächelte nicht; aber irgendwie blickten seine Augen freundlicher, als wenn sie gelächelt hätten.

„Warum hast du das getan, Hatty?"

„Weil – ich wollte sehen, wie es sich anfühlt."

„Du darfst das nicht wieder tun. Hörst du, du darfst es nicht tun."

„Warum?"

„Warum? Weil es deine Mutter unglücklich macht. Das ist ausreichend für ein Warum."

Aber da war noch etwas. Mama war verängstigt gewesen. Das musste etwas mit dem beängstigenden Mann in der Gasse zu tun haben.

„Warum tut es das?"

Sie wusste es; sie wusste es; aber sie wollte sehen, was er sagen würde.

„Ich sagte, das wäre genug. ... Weißt du, welchen Fehler du begangen hast?"

„Ungehorsam."

„Mehr als das. Vertrauensbruch. Gemeinheit. Es war gemein und unehrenhaft von dir, da du wusstest, dass du nicht bestraft würdest."

„Wird es keine Strafe geben?"

„Nein. Menschen werden bestraft, damit sie sich erinnern. Wir wollen, dass du vergisst."

Sein Arm wurde fester, zog sie dichter heran. Und die freundliche, geheime Stimme fuhr fort. „Hässliche Dinge vergisst. Verstehst du, Hatty, nichts ist verboten. Wir verbieten nicht, weil wir darauf vertrauen, dass du tust, was wir möchten. Dich gut zu benehmen. ... Na, na."

Sie verbarg ihr Gesicht an seiner Brust an seinem kratzigen Rock und weinte.

Sie würde immer das tun müssen, was sie wünschten; die Traurigkeit, wenn sie es nicht täte, konnte sie nicht ertragen. Es war ja sehr schön zu sagen, dass es keine Strafe geben würde; *ihre* Traurigkeit war die Strafe. Es schmerzte mehr als alles andere. Es schmerzte weiter, als sie darüber nachdachte.

Gleich in der ersten Minute morgen würde sie anfangen, sich gut zu benehmen; so gut wie sie konnte. Sie wollten es von dir. Sie wollten das mehr als alles andere, weil sie so gut waren. So fein, so weise.

Doch drei Jahre vergingen, bevor Harriett verstand, wie weise sie gewesen waren und warum ihre Mutter sie immer wieder in die Black's Lane brachte, um rote Lichtnelken zu pflücken, damit es immer die roten Lichtnelken waren, an die sie sich erinnerte. Sie musste die ganze Zeit gewusst haben, was in der Black's Lane passiert war. Annie, das Hausmädchen, sagte immer, dass es ein schlechter Ort sei; etwas war dort mit einem kleinen Mädchen passiert. Annie schwieg und errötete und sagte einem nicht, was. Dann eines Tages, als sie dreizehn war und am Apfelbaum stand, erzählte es ihr Connie Hancock. Ein Geheimnis. ... Hinter dem schmutzigen blauen Lattenzaun. ... Sie schloss die Augen, presste die Lider fest zusammen, verängstigt. Aber wenn sie an die Gasse dachte, konnte sie nichts außer der grünen Böschung, den drei großen Ulmen und den roten Lichtnelken sehen, die durch den weißen Schaum des Wiesenkerbels hindurchtraten; ihre Mutter stand auf dem Gartenweg in ihrem weiten, schwingenden Kleid; sie hielt die roten und weißen

Blumen an ihr Gesicht und sagte, „Sieh mal, wie *schön* sie sind."

Sie sah sie die ganze Zeit, während Connie ihr das Geheimnis erzählte. Sie wollte aufstehen und zu ihr gehen. Connie wusste, was es bedeutete, wenn man plötzlich versteifte und man groß wurde und kalt und schweigsam. Die kalte Schweigsamkeit machte ihr Angst, und sie ging weg. Dann, dachte Harriett, könnte sie zurück zu ihrer Mutter gehen und zu Longfellow.

Jeden Nachmittag, die Stunden über, bevor ihr Vater nach Hause kam, saß sie im kühlen, grünlich beschienenen Salon, um ihrer Mutter *Evangeline* laut vorzulesen. Als sie zu den schönen Orten kamen, blickten sie einander an und lächelten.

Sie durchlebte ihr vierzehntes Lebensjahr gelassen zum Klang von *Evangeline*. Ihr aufrechter Körper, ihr gehobenes, leicht starrsinniges, eher wehmütiges Gesicht drückte ihre zarte, bewusste Entschlossenheit aus, gut zu sein. Sie war schweigsam vor Gefühlsregung, als Mrs Hancock ihr sagte, dass sie wie ihre Mutter wurde.

III.

Connie Hancock war ihre Freundin.

Sie war einmal ein schlankes Kind mit breitem Mund gewesen, kopflastig mit ihren feuchten Haarbüscheln. Nun wurde sie breit und dick und sah scheußlich aus, wie Mr Hancock. Neben ihr fühlte sich Harriett groß und elegant und schlank.

Mama wusste nicht, wie Connie wirklich war; es war eines von den Dingen, die man ihr nicht sagen konnte. Sie meinte, Connie werde da herauswachsen. Währenddessen konnte man sehen, dass *er* es nicht würde. Mr Hancock hatte einen roten Schnurrbart, und sein Gesicht stieß an seinen Kragen an, anstatt herrschaftlich aus ihm hervorzusteigen wie Papas. Es sah aus, als ob es an Dinge dachte, die seine Augen hervortreten und seine Lippen nach außen stülpen und sich verschieben ließen wie eine angezogene Schlinge. Wenn man über Mr Hancock sprach, gab Papa ein komisches Lachen von sich, als ob er etwas Unschickliches wäre. Er sagte, Connie müsste einen roten Schnurrbart haben.

Mrs Hancock, Connies Mutter, war Mamas beste Freundin. Deshalb hat es Connie immer gegeben. Sie konnte sich an sie erinnern, wie sie quengelnd und sabbernd in ihrem hohen

Kinderstuhl saß. Und da hat es immer Mrs Hancock gegeben, kultiviert und schwermütig, wenn sie einen mit ihren sanften, enttäuschten Augen anblickte.

Sie war froh, dass Connie nicht auf ihr Internat geschickt worden war, sodass nichts zwischen sie und Priscilla Heaven kommen konnte.

Priscilla war ihre wirkliche Freundin. Es hatte in ihrem dritten Schuljahr angefangen, als Priscilla gerade auf die Schule gekommen war, unglücklich und schüchtern, ängstlich vor den neuen Gesichtern. Harriett nahm sie mit in ihr Zimmer.

Sie war dünn, dünn in ihrem abgetragenen schwarzen Samtjäckchen. Sie stand da und betrachtete sich in dem grünlichen Spiegel über der gelb gestrichenen Kommode. Ihr schweres schwarzes Haar hatte am Netz gezerrt und es zerrissen. Sie hob ihre dünnen Arme, hilflos.

„Sie werden mich niemals dabehalten", sagte sie. „Ich bin so unordentlich."

„Es braucht mehr Nadeln", sagte Harriett. „Viel mehr Nadeln. Wenn du sie mit dem Kopf nach unten hineinschiebst, werden sie herausfallen. Ich zeige es dir."

Priscilla zitterte vor Freude, als Harriett sie bat, mit ihr spazieren zu gehen; sie hatte zuerst Angst vor ihr gehabt, weil sie sich so fein benahm.

Bald waren sie ständig zusammen. Sie saßen nebeneinander am Abendbrottisch und im Unterricht, ein schwarzer Kopf und ein goldbrauner, die sich über dasselbe Buch aneinanderlehnten; sie gingen Seite an Seite in der übervollen Prozession, immer zwei hintereinander. Sie schliefen im selben Zimmer mit zwei weißen Betten, die dicht zusammengeschoben waren, mit einem weißen Twillvorhang dazwischen; sie zogen ihn zurück, damit sie einander sehen konnten, wie sie dalagen in der Sommerdämmerung und am frühen Morgen, wenn sie aufwachten.

Harriett mochte Priscillas eigenartiges, dämmerig helles Gesicht; ihre lange Spürhundnase, die suchte; ihren breiten Mund, ruhelos zwischen ihren flachen, zerbrechlichen Kiefern; ihre Augen, dunkel, durchzogen von jadegrauen Punkten, hervorstehend, weiße Ränder zeigend, wenn sie erschrocken war. Sie schrak bei plötzlichen Geräuschen auf; sie erbebte und starrte, wenn man sie beim Träumen ertappte; sie weinte, wenn die Orgel in der Kirche triumphierend ertönte. Man musste jede Minute aufpassen, dass man sie nicht verletzte.

Sie weinte, als das Schuljahr zu Ende ging und sie nach Hause gehen musste. Priscillas Zuhause war schrecklich. Ihr Vater trank, ihre Mutter jammerte; sie waren arm; eine reiche Tante bezahlte ihre Schulausbildung.

Als die letzten Mittsommerferien kamen, verbrachte sie sie bei Harriett.

„Oh-h-h!" Prissie zog die Luft ein, als sie hörte, dass sie gemeinsam in dem großen Bett im Gästezimmer schlafen würden. Sie ging herum, um Dinge zu betrachten, neugierig, und sie zart zu berühren, als ob sie heilig wären. Sie mochte die zwei dickwolligen Porzellanlämmchen auf dem Kaminsims und „Oh – was für hübsche kleine Porzellandosen mit den erhabenen Blüten obendrauf."

Aber als die Glocke läutete, stand sie zitternd im Türrahmen.

„Ich habe Angst vor deinem Vater und deiner Mutter, Hatty. Sie werden mich nicht mögen. Ich *weiß*, dass sie mich nicht mögen werden."

„Das werden sie. Sie werden dich gern haben", sagte Hatty. Und sie taten es. Das kleine weißgesichtige zitternde Ding.

Es war ihr letzter Abend. Priscilla ging nicht zur Schule zurück. Ihre Tante, sagte sie, zahle nur für ein Jahr. Sie lagen zusammen in dem großen Bett, dämmerig mit den Gesichtern zueinander, und unterhielten sich.

„Hatty — wenn du etwas unbedingt machen möchtest, mehr als alles andere auf der Welt, und es falsch wäre, wärst du in der Lage, es nicht zu tun?"

„Ich hoffe es. Ich *denke*, ich würde es, weil ich wüsste, wenn ich es täte, würde ich Papa und Mama traurig machen."

„Ja, aber nehmen wir mal an, du müsstest etwas aufgeben, das du brauchst, etwas, das du lieber hättest als sie — könntest du?"

„Ja. Wenn es schlecht für mich wäre, es zu haben. Und ich könnte nichts lieber haben als sie."

„Aber wenn du es könntest, würdest du es aufgeben?"

„Ich müsste es."

„Hatty — ich könnte das nicht."

„Oh doch, du könntest, wenn ich es *könnte*."

„Nein. Nein. ..."

„Woher weißt du, dass du es nicht könntest?"

„Weil ich es nicht getan habe. Ich — ich hätte hier nicht länger bleiben dürfen. Mein Vater ist krank. Sie wollten, dass ich zu ihnen komme, und ich wollte nicht gehen."

„Oh, Prissie —"

„Siehst du. Aber ich konnte nicht. Ich konnte nicht. Ich war so glücklich hier bei dir. Ich konnte es nicht aufgeben."

„Wenn dein Vater wie Papa gewesen wäre, hättest du es."

„Ja. Ich würde alles für ihn tun, weil er dein Vater ist. Du bist es, was ich nicht aufgeben kann."

„Du musst es eines Tages."

„Wann — wann?"

„Wenn jemand anders kommt. Wenn du verheiratet bist."

„Ich werde niemals heiraten. Niemals. Ich werde niemals jemand anderen brauchen als dich. Wenn wir immer zusammen sein könnten. … Ich weiß nicht, warum Menschen heiraten, Hatty."

„Aber", sagte Hatty, „sie tun es."

„Weil sie nicht mit dem Herzen dabei sind wie du und ich. … Hatty, wenn ich niemanden heirate, wirst *du* es auch nicht, oder?"

„Ich gedenke nicht, irgendjemanden zu heiraten."

„Nein. Aber schwör es, schwör es bei deiner Ehre, dass du es niemals tun wirst."

„Ich möchte lieber nicht *schwören*. Weißt du, ich könnte es vielleicht. Ich werde dich trotzdem lieben, Priscilla, mein ganzes Leben lang."

„Nein, wirst du nicht. Es wird alles anders sein. Aber ich werde dich mein ganzes Leben lang lieben, und es wäre nicht anders. Ich werde niemals heiraten."

„Vielleicht werde ich es auch nicht", sagte Harriett.

Sie tauschten Geschenke aus. Harriett schenkte Priscilla ein Schreibpult aus Rosenholz mit Intarsien aus Perlmutt, und Priscilla schenkte Harriett ein Etui für Taschentücher, das sie selbst gefertigt hatte aus feinem grauem Leinen, bestickt mit blauen Blumen, wie ein Probestück, und eingefasst mit blauem und weißem Satinband. Auf dem oberen Teil stand „Taschentücher" in blauem Schriftzug, und darunter „Harriett Frean" und versteckt in einer Ecke, „Priscilla Heaven: September 1861".

IV.

Sie erinnerte sich an das Gespräch. Ihr Vater, aufrecht und schlank in seinem Sessel sitzend, mit jener ruhigen Stimme redend, die nie scharf, dunkel oder tremolierend wurde, gelegentlich bei einem amüsanten Tonfall verweilte, seine langen Lippen gespannt zwischen den senkrechten Furchen seines Lächelns. Sie liebte sein gerades, schmales Gesicht, glatt rasiert, das spitze, leicht hervorspringende Kinn, die dunkelblauen matten Augen unter den dunklen Brauen, das silbern ergraute Haar, das so dicht lag wie eine Kappe und sich in einem silbernen Kranz über den Ohren kräuselte.

Er sprach über sein Geschäft, als ob es ihn wie nichts anderes amüsierte.

„Der Wertpapierhandel hat nichts Derbes und Materielles an sich. Es ist wie reine Mathematik. Man hat mit Abstraktem, mit Idealwerten zu tun, die ganze Zeit. Man kalkuliert – in Kurven." Seine Hand, die die unangezündete Zigarre hielt, zeichnete eine Kurve, eine lange, elegante, in die Luft. „Man weiß immer, was passieren wird. … Die Aufregung beginnt, wenn man es nicht genau weiß und man es riskiert; wenn es gefährlich wird. … Die höhere Mathematik des Spiels. Wenn man sie sich leisten kann; wenn man keine Frau und keine Familie hat – ich kann die Faszination verstehen. …"

Er saß mit der Zigarre in einer Hand, blickte sie an, ohne sie zu sehen, sah die Faszination und lächelte über sie, amüsiert und sicher.

Und ihre Mutter, die sich über ihre Perlenarbeit beugte, lächelte ebenfalls, wegen ihres Glücks, ihrer Sicherheit.

Er lehnte sich zurück, rauchte seine Zigarre und blickte sie aus zufriedenen, halb geschlossenen Augen an, wie sie stickend dasaßen, jede an einem Ende der langen Kaminsitzbank. Er würde, sagte er, auf den Augenblick warten, in dem ihre Köpfe in der Mitte zusammenstießen.

Manchmal saßen sie so da, tauschten keine Gedanken aus, tauschten nur das Gespür für die Gegenwart des anderen aus, eine sichere, tiefe Befriedigung, die ebenso zu ihrem Körper wie zu ihrem Geist gehörte; sie wogte auf ihren Gesichtern in ihrem stillen Lächeln; sie atmete mit ihrem Atem. Manchmal las sie oder ihre Mutter laut vor, Mrs Browning, Charles Dickens oder die Biografie irgendeines *bedeutenden Mannes*, während sie in dem Zimmer mit den samtenen Vorhängen saßen oder draußen auf dem Rasen unter der Zeder. Eine bewegungslose Zwiesprache, unterbrochen von Spaziergängen durch süß duftende Felder und dichte, von Ulmen beschattete Wege. Und es gab kurze Reisen nach London zu einem Vortrag oder Konzert und gelegentlich die Überraschung und Aufregung des Theaters.

Eines Tages kämmte ihre Mutter ihre langen, hängenden Locken aus und versteckte sie in einem Netz. Harriett erlebte einen kleinen Schrecken des Missfallens und Zorns, weil sie Veränderung hasste.

Und die langen, langen Sonntage hielten die Wochen und Monate auf Abstand, still und lieblich und recht strapazierend, und doch mit einer Art Erregung in ihnen, als ob irgendwo die Musik der Kirchenorgel weitervibrierte. Ihre Mutter besaß ein Geheimnis: eine glückliche Gewissheit über Gott, die sie an einen weitergab und die man von ihr entgegennahm, wie man Nahrung oder Kleidung nahm, aber ohne genau zu wissen, was es war, mit dem Gefühl, dass mehr in ihr lag, eine verborgene Freude, eine Vollkommenheit, die einem fehlte.

Ihr Vater hatte auch sein Geheimnis. Sie spürte, dass es irgendwie schwerer war, dunkler und gefährlich. Er las gefährliche Bücher: Darwin und Huxley und Herbert Spencer. Manchmal sprach er über sie.

„Es liegt etwas Faszinierendes darin, zu sehen, wie weit man gehen kann. ... Die Faszination der Wahrheit könnte genau das sein – das Risiko, dass all das doch nicht wahr sein könnte, dass man weiter und weiter gehen sollte, vielleicht niemals zurückkommt."

Ihre Mutter blickte mit ihren strahlenden, stillen Augen auf.

„Ich vertraue der Wahrheit. Ich weiß, dass du, wie weit du auch gehen magst, eines Tages zurückkommen wirst."

„Ich glaube, du siehst sie alle – Darwin und Huxley und Herbert Spencer – zurückkommen", sagte er.

„Ja, das tu ich."

Seine Augen lächelten, liebkosten sie. Aber man konnte sehen, dass es ihn auch amüsierte, an sie zu denken, all diese kühnen, mutigen Denker, die zurückkamen, um ihr Geheimnis zu teilen. Seine Denkweise war einfach ein gefährliches Spiel, das er spielte.

Sie blickte ihren Vater mit einer Art Ehrfurcht an, wie er dort saß, sein Buch las, in Gefahr und doch sicher.

Sie wollte wissen, worin diese Faszination bestand. Sie holte Herbert Spencer hervor und versuchte ihn zu lesen. Sie beharrte darauf, jedes Buch, das sie anfing, zu Ende zu lesen, denn ihr Stolz konnte es nicht ertragen, geschlagen zu werden. Ihr Kopf wurde heiß und schwer: Sie las dieselben Sätze immer wieder; sie hatten keine Bedeutung; sie verstand nicht ein Wort von Herbert Spencer. Er hatte sie geschlagen. Als sie das Buch zurück an seinen Platz stellte, sagte sie sich: „Ich darf es nicht. Wenn ich weitermache, wenn ich zum interessanten Teil komme, verliere ich vielleicht mein Vertrauen." Und bald machte sie sich glauben, dass das wirklich der Grund sei, warum sie aufgegeben hatte.

Neben Connie Hancock gab es Lizzie Pierce und Sarah Barmby.

Ein köstliches Vergnügen, mit Lizzie Pierce spazieren zu gehen. Lizzies Gang war ein gleitender, vorwärtsstürzender Tanz kleiner gestreckter Füße, beinahe als ob sie ausginge, um jemanden zu treffen, ihr spitzes, dunkeläugiges Gesicht hervorschnellend und wendig.

„Meine *Liebe*, er hat beständig *das* gemacht" (Lizzie machte es), „als ob er versuchte, sich auf sich selbst zu setzen, um zu verhindern, dass er losfliegt in die Luft wie ein Korken. Stell dir vor, einen Antrag zu machen und dabei auf drei Gläsern Sodawasser zu sitzen! Ich hätte Mrs Pennefather werden können, wenn das nicht gewesen wäre."

Lizzie lief lachend herum, lachte über jeden, sah sich überall nach etwas um, das zum Lachen war. Gelegentlich hörte sie abrupt auf, um die Vorstellung, die sie hatte, zu überdenken.

„Wenn Connie keine Turnüre trüge – oder, du meine Güte, wenn Mr Hancock —"

„Mr *Hancock*!" Helles, hartes Lachen, glockenartig und klirrend.

„Liebe Zeit! Wenn man bedenkt, wie viele lächerliche Menschen es auf dieser Welt gibt."

„Ich glaube, du siehst etwas Lächerliches in mir."

„Nur wenn – nur wenn —"

Sie schwang ihren Sonnenschirm im Takt ihres Singsangs. Sie sagte nicht wenn.

„Lizzie – nicht – *nicht* wenn ich mein schwarzes Spitzenschultertuch und den kleinen runden Hut trage?"

„Oh, du meine Güte – nein. Nicht *dann*."

Der kleine runde Hut – Lizzie trug selbst einen – kippte nach vorne, weil er auf ihrem Chignon saß.

„Nun, dann", flehte sie.

Über Lizzies Gesicht huschte ein neckendes, geheimnisvolles Lächeln.

Sie mochte Lizzie von all ihren Freundinnen am liebsten, nach Priscilla. Sie mochte ihren Spott und ihren neckenden Geisteswitz.

Und da gab es Lizzies Freundin, Sarah Bamby, die in einer der kleinen, schäbigen Villen in der London Road wohnte und sich um ihren Vater kümmerte. Sie bewegte sich in der Villa in einer blinden, latschenden Weise, stieß sich an den Möbeln. Ihr Gesicht war schwer vor sanfter, brütender Güte, und sie hatte kleine Augen, die blinzelten und zwinkerten in der Schwere, als ob sie etwas amüsierte. Zuerst fragte man sich beständig, was so komisch sei, bis man begriff, dass es nur eine Angewohnheit von Sarah war. Sie kam, wenn sie Zeit von ihrem Vater erübrigen konnte.

Gleich nach Lizzie mochte Harriett Sarah. Sie mochte ihre Güte.

Und Connie Hancock, die gastfreundschaftlich in dem großen, reichen Haus herumhüpfte. Teegesellschaften und Bälle bei den Hancocks.

Sie war nicht sicher, ob sie das Tanzen mochte. Es lag etwas unklar Gefährliches darin. Sie hatte Angst, von ihren Füßen gehoben und immer herumgeschwenkt zu werden, fort von ihrem sicheren, glücklichen Leben. Sie war steif und abrupt mit ihren Partnern, davon überzeugt, dass keiner der Männer, die Connie Hancock mochten, sie mochten, und war bemüht, ihnen zu zeigen, dass sie es nicht von ihnen erwartete. Sie hatte Angst vor dem, was sie dachten. Und sie stahl sich früh fort, lief den Garten hinunter bis zur Pforte am unteren Ende der Straße, wo ihr Vater auf sie wartete. Sie liebte die stille Kühle des Abends unter den Ulmen und den starken, festen Druck des Arms ihres Vaters, wenn sie sich eingehängt zu ihm lehnte, und sein „Na also!", wenn er sie dichter an sich zog. Ihre Mutter blickte vom Sofa auf und stellte immer dieselbe Frage, „Und, ist etwas Nettes passiert?"

Bis sie schließlich antwortete, „Nein. Hast du das erwartet, Mama?"

„Man kann nie wissen", sagte ihre Mutter.

„Ich weiß alles."

„*Alles?*"

„Alles, was auf den Bällen der Hancocks passieren könnte."

Ihre Mutter schüttelte über sie den Kopf. Sie wusste, dass Mama im Stillen froh war; aber sie gab eine Widerrede zur Antwort.

„Es ist gemein von mir, das zu sagen, wo ich doch vier Portionen Eis bei ihnen gegessen habe. Es gab Erdbeere, Schokolade und Vanille, alles zusammen."

„Nun, das wird es nicht viel länger geben."

„Nicht bei diesem Ausmaß", sagte ihr Vater.

„Ich meinte die Bälle", sagte ihre Mutter.

Und tatsächlich, kurz nach Connies Verlobung mit dem jungen Mr Pennefather hörten sie auf.

Und die drei Freundinnen, Connie und Sarah und Lizzie, kamen und gingen. Sie liebte sie; und doch, wenn sie da waren, durchbrachen sie etwas, etwas Geheimes und Kostbares zwischen ihr und ihrem Vater und ihrer Mutter, und wenn sie weg waren, spürte sie die Regung, die glückliche Bewegung, wieder zusammenzukommen, sich immer dichter zusammenzudrängen nach dem Bruch.

„Wir brauchen nur einander." Niemand sonst war wirklich wichtig, nicht einmal Priscilla Heaven.

Jahr ein, Jahr aus dasselbe. Ihre Mutter teilte ihr Haar in zwei glatte Schwingen; sie trug eine Rosette und Barben aus schwarzem Samt und schwarzer Spitze auf einem glänzenden, käferrund geformten Chignon. Und Harriett fühlte wieder ihren Schreck der Verärgerung. Sie hasste es, ihre Mutter als ein Geschöpf zu sehen, das der Veränderung und der Zeit unterstand.

Und Priscilla kam Jahr für Jahr, immer noch liebenswert, immer noch aufbegehrend, dass sie niemals heiraten würde. Und doch waren sie froh, wenn auch Priscilla gegangen war und sie einander überließ. Nur einander, Jahr ein, Jahr aus dasselbe.

V.

Priscillas Besuch folgte ein weiterer leidenschaftlicher Schwur, dass sie niemals heiraten würde. Dann, innerhalb von drei Wochen, schrieb sie erneut und erzählte von ihrer Verlobung mit Robin Lethbridge.

„… ich kenne ihn noch nicht lange, und Mama meint, es sei zu früh, aber er gibt mir das Gefühl, als hätte ich ihn schon mein ganzes Leben lang gekannt. Ich weiß, ich habe gesagt, ich würde es nicht, aber ich konnte es nicht ahnen. Ich wusste nicht, dass es so anders sein würde. Ich hätte nicht zu glauben vermocht, dass jemand so glücklich sein könnte. Es wird dir nichts ausmachen, Hatty. Wir können einander trotzdem gern haben. …"

Unglaublich, dass Priscilla, die durch Leiden so am Boden zerstört und erschüttert sein konnte, zu einer derartigen Ekstase aufsteigen konnte. Ihre Briefe hatten einen beschwingten Tonfall, einen eilenden Takt, wie ein anschwellendes Lied, ein Herz, das vor Freude zu schnell schlug.

Es würde eine lange Verlobung sein. Robin arbeite in einer Kleinstadtbank, er müsse seinen Weg machen. Dann, ein Jahr später, schrieb Prissie und teilte ihnen mit, dass Robin einen Posten in der Parson Bank im Handelsviertel bekommen habe.

Er kenne keine Seele in London. Würden sie nett zu ihm sein und ihn manchmal zu sich einladen, an Samstagen oder Sonntagen?

Er kam an einem Samstag. Harriett hatte sich gefragt, wie er sein würde, und er war groß, mit schmaler Taille und breiten Schultern; er hatte eine breite, sehr blasse Stirn, sein braunes Haar war auf einer Seite gescheitelt und lockte sich ein wenig an den Spitzen über den Ohren. Seine Augen – schmal, kristallen schwarz, glänzend, wendig, mit braunen und grauen Sprenkeln; perfekt gesetzt unter geraden Augenbrauen, die sehr dunkel auf der hellen Haut lagen. Sein rundes, hervorspringendes Kinn hatte eine Kerbe. Das Gesicht dazwischen war mager und unebenmäßig; die Nase gerade und streng und im Profil ziemlich lang mit einem Höcker im unteren Viertel; frontal wiederum gerade, aber verkürzt. Seine Augen hatten einen anderen Ausdruck, tiefer und ruhiger als sein feiner schmaler Mund; aber es war sein Mund, der dazu veranlasste, ihn anzusehen. Eine Spitze des Bogens war höher als die andere; dann und wann zitterte er mit einer eigenen unsteten, zarten Bewegung.

Sie bemerkte den leicht hängenden Zug an seinen Mundwinkeln und dachte: „Oh, Sie sind mürrisch, wenn Sie mürrisch mit Prissie sind –

wenn Sie sie unglücklich machen" –, aber wenn er sie dabei ertappte, wie sie ihn anblickte, verzogen sich die mürrischen Lippen zu einem plötzlichen, hellen, vertrauensvollen Lächeln. Und wenn er sprach, verstand sie, warum er für Priscilla unwiderstehlich gewesen war.

Er war jetzt an drei Sonntagen gekommen, vielleicht an vier; sie hatte aufgehört zu zählen. Sie saßen alle draußen auf dem Rasen unter der Zeder. Plötzlich, als ob es ihm gerade erst eingefallen wäre, sagte er: –

„Es ist ausgenommen freundlich von Ihnen, dass ich bei Ihnen sein kann."

„Oh, nun", sagte ihre Mutter, „Prissie ist Hattys allerbeste Freundin."

„Ich vermute, deshalb tun Sie es."

Er wollte nicht, dass es so war. Er wollte, dass es um ihn selbst ging. Ihn selbst. Er war stolz. Er wollte anderen nichts verdanken, nicht einmal Prissie.

Ihr Vater lächelte ihn an. „Sie müssen uns Zeit geben."

Er würde sie ihnen niemals geben oder nehmen. Man konnte sehen, wie er in seiner Ungehaltenheit an Dingen zerrte, um sie kennenzulernen, um sie zu bewegen, sich sofort auf ihn einzulassen. Er kam herbeigestürzt, um sich zu ergeben, innerhalb einer Minute, um anerkannt zu werden.

„Es ist nicht gerecht", sagte er. „Ich kenne Sie so viel besser, als Sie mich kennen. Priscilla spricht ständig von Ihnen. Aber Sie wissen nichts von *mir*."

„Nein. Wir haben die volle Spannung."

„Und das Risiko, Sir."

„Und natürlich das Risiko." Er mochte ihn.

Sie konnte sich mit Robert Lethbridge unterhalten, wie sie sich mit Connie Hancocks jungen Männern nicht unterhalten konnte. Sie hatte keine Angst vor dem, was er dachte. Sie war bei ihm sicher, er gehörte zu Priscilla Heaven. Er mochte sie, weil er Priscilla liebte; aber er wollte, dass sie ihn mochte, nicht wegen Priscilla, sondern seinetwegen.

Sie sprach über Priscilla. „Ich habe niemals jemand so Liebenswerten erlebt. Es hat mich immer erschreckt, weil man sie so leicht verletzen kann."

„Ja. Arme kleine Prissie, sie ist sehr verletzlich", sagte er.

Als Priscilla zu Besuch kam, war es fast schmerzhaft. Ihre Augen hingen an ihm und ließen ihn nicht los. Wenn er das Zimmer verließ, war sie ruhelos, unglücklich, bis er zurückkam. Sie unternahm mit ihm lange Spaziergänge und kehrte still zurück, mit einem müden, geschlagenen Ausdruck. Sie legte sich dann aufs Sofa, und er stand gebeugt über sie, blickte sie mit angestrengten, unglücklichen Augen an.

Nachdem sie gegangen war, kam er noch häufiger als sonst, und er blieb über Nacht. Harriett musste jetzt mit ihm spazieren gehen. Er wollte reden, über sich reden, unaufhörlich.

Wenn sie in den Spiegel blickte, sah sie ein Gesicht, das sie nicht kannte: mit strahlenden Augen, gerötet, hübsch. Der leichte arrogante Zug war verschwunden. Als ob es das Gesicht von jemand anderem gewesen wäre, fragte sie sich verwundert, ohne Bitterkeit, warum sich nie jemand etwas aus ihm gemacht hatte. Warum? Warum? Sie konnte sehen, wie ihr Vater sie anblickte, durchdringend, als ob er sich wunderte. Und eines Tages sagte ihre Mutter, „Denkst du, du solltest Robin so oft sehen? Glaubst du, dass das fair ist gegen Prissie?"

„Oh – *Mama*! ... Ich würde nicht. Ich habe nicht —"

„Ich weiß. Du könntest es nicht, wenn du es wolltest, Hatty. Du würdest dich immer fein benehmen. Aber bist du dir bei Robin so sicher?"

„Oh, er *könnte* nie jemand anders gern haben als Prissie. Es ist nur, weil er bei mir so sicher ist, weil er weiß, dass ich es nicht und er nicht –"

Der Hochzeitstag wurde für Juli festgelegt. Sie würden es schließlich doch wagen. Von Mitte Juni an kamen Hochzeitsgeschenke.

Harriett und Robin Lethbridge gingen die Black's Lane entlang. Die Hecken waren ein weißer bräutlicher Schaum aus Wiesenkerbel. Immer wieder wandte sie sich zur Seite, um rote Lichtnelken zu pflücken.

Plötzlich sprach er. „Weiß du, was für ein hübsches kleines Gesicht du hast, Hatty? Es ist so rein und ruhig und beträgt sich so wunderbar."

„Tut es das?"

Sie dachte an Prissies Gesicht, dunkel und ruhelos, niemals rein, niemals ruhig.

„Du bist überhaupt nicht so, wie ich es erwartet hatte. Prissie weiß nicht, wie du bist. Du weißt es selbst nicht."

„Ich weiß, wie *sie* ist."

Das unregelmäßige Zucken seines Mundes pochte wie ein Pulsschlag.

„Rede nicht mit mir über Prissie!"

Dann rückte er damit heraus. Er riss es aus sich selbst heraus. Er liebe sie.

„Oh, Robin —" Ihre Finger lösten sich in ihrer Ernüchterung; sie ließ rote Lichtnelken fallen.

Es habe keinen Zweck, sagte er, an Prissie zu denken. Er könne sie nicht heiraten. Er könnte niemanden außer Hatty heiraten; Hatty müsse ihn heiraten.

„Du kannst nicht sagen, dass du mich nicht liebst, Hatty."

Nein. Sie könnte das nicht sagen, denn es wäre nicht wahr.

„Also, dann —"

„Ich kann nicht. Ich würde Unrecht tun, Robin. Ich habe die ganze Zeit das Gefühl, dass sie zu dir gehört; als ob sie mit dir verheiratet wäre."

„Aber sie ist es nicht. Es ist nicht das Gleiche."

„Für mich ist es das. Du kannst es nicht auflösen. Es wäre zu unehrenhaft."

„Nicht halb so unehrenhaft, wie sie zu heiraten, wenn ich sie nicht liebe."

„Doch. Solange sie dich liebt. Sie hat niemanden außer dir. Sie war so glücklich. So glücklich. Bedenke doch, wie grausam es wäre. Bedenke, wohin wir sie zurückschicken würden."

„Du denkst an Prissie. Du denkst nicht an mich."

„Weil es sie *umbringen* würde."

„Wie ist es mit dir?"

„Es kann uns nicht umbringen, weil wir wissen, dass wir einander lieben. Nichts kann uns das nehmen."

„Aber ich könnte mit ihr nicht glücklich sein, Hatty. Sie zehrt mich aus. Sie ist so ruhelos."

„*Wir* könnten nicht glücklich sein, Robin. Wir müssten immer daran denken, was wir ihr angetan haben. Wie könnten wir glücklich sein?"

„Du weißt wie."

„Nun, selbst wenn wir es wären, wir haben kein Recht, unser Glück durch ihr Leiden zu gewinnen."

„Oh Hatty, warum bist du so gut, so gut?"

„Ich bin nicht gut. Es ist nur – es gibt Dinge, die man nicht tun kann. Wir könnten es nicht. Wir könnten es nicht."

„Nein", sagte er schließlich. „Ich denke, wir können es nicht. Wie immer es auch sei, ich muss es fortführen."

Er blieb nicht über Nacht.

Sie kniete auf dem Boden neben ihrem Vater, ihren Arm über seine Knie gelegt. Ihre Mutter hatte sie allein gelassen.

„Papa – weißt du es?"

„Deine Mutter hat es mir gesagt … Du hast das Richtige getan."

„Du denkst nicht, dass ich grausam gewesen bin? Er sagte, ich dächte nicht an ihn."

„Oh, nein, du konntest nichts anderes tun."

Sie konnte es nicht. Sie konnte es nicht. Es hatte keinen Zweck, an ihn zu denken. Doch Nacht für Nacht, für Wochen und Monate, dachte sie nach und weinte sich in den Schlaf.

Am Tag litt sie unter Lizzies scharfem Blick und Sarahs grübelndem Mitgefühl und Connie Pennefathers herzlosem, verheiratetem Gestarre. Nur bei ihrem Vater und ihrer Mutter hatte sie Frieden.

VI.

Zum Frühling hin zeigte Harriett Anzeichen von Depression, und sie brachten sie nach Südfrankreich und nach Bordighera und Rom. In Rom erholte sie sich. Rom war einer jener Orte, die man sehen sollte; sie war immer bestrebt, das Richtige zu tun. In der kleinen Pension in der Via Babuino hatte sie das Gefühl für ihre eigene Bedeutung und die Bedeutung ihres Vaters und ihrer Mutter. Sie waren Mr und Mrs Hilton Frean und Miss Harriett Frean, die sich Rom ansahen.

Nach ihrer Rückkehr im Sommer begann er sein Buch zu schreiben, *Der Zustand der Gesellschaft.* Es gab Dinge, die gesagt werden mussten; es war nicht von Bedeutung, wer sie sagte, vorausgesetzt, sie wurden deutlich gesagt. Er träumte von einem neuen Sozialstaat, einer Gesellschaft, die sich selbst verwaltete ohne Repräsentanten. Für lange Zeit lebten sie für das Interesse und die Aufregung um das Buch, und als es erschien, klebte Harriett alle Kritiken fein säuberlich in ein Album. Er machte den Anschein, als nähme er sie nicht ganz ernst; aber er abonnierte den *Spectator,* und manchmal erschien dort ein Artikel, der von Hilton Frean stammte.

Und sie reisten wieder jedes Jahr ins Ausland. Sie fuhren nach Florenz und kehrten nach Hause zurück und lasen *Romola* und Mrs Browning und Dante und *The Spectator*; sie fuhren nach Assisi und lasen *Die kleinen Blumen des Heiligen Franziskus*; sie fuhren nach Venedig und lasen Ruskin und *The Spectator*; sie fuhren wieder nach Rom und lasen Gibbons *Aufstieg und Niedergang des Römischen Reiches*. Harriett sagte: „Wir hätten Rom mehr genossen, wenn wir Gibbon gelesen hätten", und ihre Mutter erwiderte, dass sie Gibbon nicht so genossen hätten, wenn sie Rom nicht gesehen hätten. Harriett hat ihn nicht wirklich genossen; aber sie genoss den Klang ihrer eigenen Stimme, wenn sie die bedeutenden Sätze laut vorlas und die rollenden lateinischen Namen.

Sie hatte Fotografien vom Kolosseum und vom Forum mitgebracht und von Botticellis *Frühling*, und eine della Robbia Madonna in einem Schrein aus Früchten und Blumen und hing sie im Salon auf. Und wenn sie das blaue Ei in seinem Goldrahmen sah, das auf dem marmorbedeckten Kaminsims stand, fragte sie sich, wie sie es je gern haben konnte, und wünschte sich, dass es nicht da wäre. Es war eines von Mamas Hochzeitsgeschenken gewesen.

Mrs Hancock hatte es ihr geschenkt; aber Mr Hancock musste es gekauft haben.

Harrietts Gesicht hatte wieder seinen arroganten Zug angenommen. Sie hielt sich für gerechtfertigt. Sie wusste, sie war den Hancocks und den Pennefathers und Lizzie Pierce und Sarah Barmby überlegen; sogar Priscilla. Wenn sie an Robin dachte und wie sie ihn aufgegeben hatte, spürte sie eine freudige Erregung über ihr feines Verhalten und eine Erregung des Stolzes über die Erinnerung daran, dass er sie mehr geliebt hat als Priscilla. Ihr Verstand lehnte es ab, sich Robin verheiratet vorzustellen.

Zwei, drei, fünf Jahre vergingen mit merklicher Beschleunigung, und Harriett war nun dreißig.

Sie hatte sie seit dem Hochzeitstag nicht gesehen. Robin war in seine Heimatstadt zurückgekehrt; er war dort Kassierer in einer großen Bank. Vier Jahre lang kamen Prissies Briefe regelmäßig etwa jeden Monat, dann hörten sie abrupt auf.

Dann schrieb Robin und erzählte ihr von Prissies Krankheit. Eine unerklärliche Lähmung. Es hatte mit Schwindelanfällen auf der Straße begonnen; Prissie drehte sich herum und herum auf dem Gehweg; dann Sturzanfälle; und nun waren beide Beine gelähmt, doch Robin meinte, sie würde allmählich wieder ihre Hände verwenden können.

Harriett weinte nicht. Der Schock darüber hielt ihre Tränen auf. Sie versuchte es sich vorzustellen und konnte es nicht. Arme kleine Prissie. Wie schrecklich. Sie sagte sich immer wieder, sie könne es nicht ertragen, sich Prissie gelähmt vorzustellen. Arme kleine Prissie.

Und armer Robin —

Lähmung. Sie sah, wie die Lähmung zwischen sie kam, sie voneinander trennte, und in ihr wurde der stille Schmerz besänftigt. Sie musste sich Robin nicht mehr verheiratet vorstellen.

Sie würde zu ihnen fahren. Robin hatte den Brief geschrieben. Er sagte, Prissie brauche sie. Als sie ihn auf dem Bahnsteig traf, bekam sie einen kleinen Schreck, ihn verändert zu sehen. Verändert. Sein Gesicht war voller, und ein dunkler Schnurrbart verdeckte die zarten, unebenmäßigen, pulsierenden Lippen. Sein Mund war an den Winkeln noch weiter heruntergezogen. Aber er war derselbe Robin. In der Droschke, auf dem Weg zum Haus, saß er schweigend da, schwer atmend; sie spürte das Vibrieren seines Gewissens und wusste, dass er sie immer noch liebte; mehr als er Priscilla liebte. Arme kleine Prissie. Wie schrecklich!

Priscilla saß am Kamin in einem Rollstuhl. Sie wurde lebhaft, als sie Harriett sah; ihre Arme zitterten, als sie sie zur Umarmung hob.

„Hatty – du hast dich kaum verändert." Ihre Stimme zitterte.

Arme kleine Prissie. Sie war dünn, dünner als je zuvor, und steif, als ob sie verdörrt wäre. Ihr Gesicht war schal und trocken, und der Glanz war aus ihrem dunklen Haar verschwunden. Ihr breiter Mund zuckte und bebte, zuckte und bebte. Obwohl es warmer Sommer war, saß sie am lodernden Feuer, die Fenster hinter ihr geschlossen.

Während des Dinners waren Harriett und Robin schweigsam und verhalten. Sie versuchte nicht hinzusehen, wenn Prissie wackelte und zuckte und Suppe auf die Vorderseite ihres Kleides kleckerte. Robins Gesicht war glatt und leer; er gab vor, in sein Essen versunken zu sein, um Prissie nicht anzublicken. Es war, als ob Prissies alte Ruhelosigkeit sich in unaufhörliches Wackeln und Zucken verwandelt hätte. Und ihre Augen hafteten auf Robin; sie hingen an ihm und ließen ihn nicht los. Sie bat ihn ständig um Dinge für sich. „Robin, du könntest mir meinen Schal holen", und Robin ging und holte ihren Schal und legte ihn ihr um. Wann immer er etwas für sie tat, legte sich eine bebende, tiefe Zufriedenheit auf ihr Gesicht.

Um neun Uhr hob er sie aus ihrem Rollstuhl. Harriett sah, wie er sich beugte und die stramme, gefasste Kraft seines Rückens, als er anhob. Prissie lag in seinen Armen mit steifen Gliedern, die von losen Verbindungen herabhingen, unbeweglich wie eine Puppe. Während er sie nach oben ins Bett trug, hatte ihr Gesicht einen eigenartigen, erhabenen Ausdruck von Vergnügen und Triumph.

Harriett und Robin saßen allein zusammen in seinem Arbeitszimmer.

„Wie lange ist es her, dass wir uns gesehen haben?"

„Fünf Jahre, Robin."

„Nicht doch. Das kann nicht sein."

„Doch."

„Es ist wohl so. Aber ich kann es nicht glauben. Ich kann nicht glauben, dass ich verheiratet bin. Ich kann nicht glauben, dass Prissie krank ist. Es erscheint nicht wirklich, wie du hier sitzt."

„Nichts hat sich verändert, Robin, außer dass du ernsthafter geworden bist."

„Nichts hat sich geändert, außer dass ich ernsthafter geworden bin als jemals zuvor. … Machst du noch immer dieselben Dinge? Sitzt du immer noch in dem verschnörkelten Stuhl und hältst deine Arbeit bis zum Kinn mit deinen kleinen spitzen Fingern, wie ein Eichhörnchen? Triffst du immer noch dieselben Leute?"

„Ich schließe keine neuen Freundschaften, Robin."

Er schien danach ruhiger zu werden, über seine eigenen Gedanken lächelnd, befriedigt. …

Als sie in ihrem Bett im Gästezimmer lag, hörte Harriett das Öffnen und Schließen von Robins Tür. Sie dachte immer noch an Prissies Lähmung als etwas Trennendes für beide, spürte immer noch eine heimliche, uneingestandene Befriedigung in sich. Arme kleine Prissie. Wie schrecklich. Ihr Mitleid für Prissie durchlief sie wieder und wieder, Welle auf Welle. Ihr Mitleid war traurig und schön, und zugleich beruhigte es ihren Schmerz.

Am Morgen erzählte Prissie ihr von ihrer Krankheit. Die Ärzte verstanden sie nicht. Sie hätte einen Schlaganfall haben müssen, und sie hatte keinen gehabt. Es gab keinen Grund, warum sie nicht laufen sollte, außer dass sie es nicht konnte. Es schien ihr Vergnügen zu bereiten, es darzulegen, von dem ersten Drehen und Drehen auf der Straße (mit hilflosem, schüttelndem Gelächter über dessen Eigenartigkeit) bis zu dem Augenblick, als Robin ihr den Rollstuhl brachte … Robin … Robin …

„Es hat mich vor allem wegen Robin gestört. Es ist so eine *furchtbare* Krankheit, Hatty. Ich kann mich nicht bewegen, wenn ich im Bett liege. Robin muss nachts ein dutzend Mal aufstehen und mich drehen. Robin ist ein vollkommener Heiliger. Er tut alles für mich." Prissies Stimme und Gesicht wurden weich und schwer vor satter Zufriedenheit.

„… Weißt du Hatty, ich hatte ein kleines Baby. Es ist am Tag seiner Geburt gestorben. … Vielleicht bekomme ich eines Tages wieder eins."

Harriett bemerkte ein plötzliches Zusammenziehen ihres Herzens, eine heranschleichende Depression, die sich auf ihren Geist legte und ihn beunruhigte. Sie glaubte, das sei ihr Mitleid für Priscilla.

Ihre dritte Nacht. Den ganzen Abend war Robin übellaunig und verdrießlich. Er sprach kaum mit Harriett oder Priscilla. Wenn Priscilla ihn bat, etwas für sie zu tun, stand er schwerfällig auf, riss sich mit einem Seufzen zusammen, mit einem Ausdruck ermüdeter, verärgerter Geduld.

Prissie rollte sich aus dem Arbeitszimmer in den Salon und bedeutete Harriett, ihr zu folgen. Sie hatte die Haltung, Robin vor Harriett retten zu wollen, anzudeuten, dass Robins Grantigkeit

Harrietts Verschulden sei. „Er möchte nicht behelligt werden", sagte sie.

Sie blieb bis elf Uhr auf, damit Robin nicht mit Harriett belastet wäre in den letzten Stunden.

Die halbe Nacht liefen Harrietts Gedanken weiter, mal in Dunkelheit, mal in dünnen Strahlen Lichts. „Angenommen, Robin wäre doch nicht glücklich? Angenommen, er kann es nicht ertragen? Angenommen … Aber warum ist er böse auf *mich*?" Dann ein klarer Gedanke: „Er ist böse mit mir, weil er nicht böse mit Priscilla sein kann." Und noch klarer: „Er ist böse mit mir, weil ich ihn dazu gebracht habe, sie zu heiraten."

Sie hielt den Gedankenlaufen auf und sann mit einer ruhigen, festen Überlegung nach. Sie dachte an ihre tiefe, spirituelle Liebe für Robin; an Robins tiefe spirituelle Liebe für sie; an seine Stärke, seine Bürde zu schultern. Durch ihren Verzicht war er so stark geworden, so rein, so gut.

Etwas war mit Prissie geschehen. Robin, der am Samstagnachmittag früh nach Hause gekommen war, hatte Harriett auf einen Spaziergang mitgenommen. Den ganzen Abend und den ganzen Sonntag über war es Prissie, die schmollte und schnippisch war, wenn Harriett mit ihr sprach.

Am Montagmorgen war sie krank, und Robin befahl ihr, im Bett zu bleiben. Montag war Harrietts letzter Abend. Priscilla blieb bis sechs Uhr im Bett, bis sie Robin hereinkommen hörte; dann bestand sie darauf, angezogen und nach unten getragen zu werden. Harriett hörte, wie sie nach Robin rief und wie Robin sagte, „Ich habe dir *gesagt*, dass du vor morgen nicht aufstehen sollst", und ein Geräusch, als ob Prissie weinte.

Beim Abendessen zitterte und zuckte sie und verschüttete Dinge schlimmer als sonst. Robin blickte sie düster an. „Du weißt, dass du im Bett sein solltest. Du wirst um neun Uhr gehen."

„Wenn ich gehe, wirst du mitgehen. Du hast Kopfschmerzen."

„Und ob ich die habe, wenn man in diesem Hochofen sitzt."

Die Hitze des Esszimmers bedrückte ihn, aber sie blieben nach dem Abendessen dort sitzen, denn Prissie liebte die Hitze. Robins blasses, leeres Gesicht hatte ein krankes Aussehen, eine totengleiche Ruhe. Er musste sich auf das Sofa am Fenster hinlegen.

Als die Uhr neun schlug, seufzte er und stand auf, schleppend, als ob das Gewicht seines

Körpers mehr war, als er ertragen konnte. Er beugte sich über Prissie und hob sie hoch.

„Robin – das kannst du nicht. Du wirst zusammenbrechen."

„Es geht mir gut." Er stemmte sie mit ungeheurer, gereizter Anstrengung hoch und trug sie hinauf, schnell, als ob er es hinter sich bringen wollte. Durch die Türen konnte Harriett Prissies bittendes Gewimmer hören und Robins Stimme, hart und kontrolliert. Augenblicklich kam er zu ihr zurück, und sie gingen in sein Arbeitszimmer. Sie könnten dort atmen, sagte er.

Sie saßen einige Zeit da, ohne zu sprechen. Die Stille in Prissies Zimmer oben trat zwischen sie.

Robin sprach als Erster. „Ich fürchte, es war nicht sehr heiter für dich mit der armen Prissie in diesem Zustand."

„Arme Prissie? Sie ist sehr glücklich, Robin."

Er starrte sie an. Seine Augen, rund und voll und ruhig, bezichtigten sie der Falschheit, der Heuchelei.

„Du denkst nicht, dass ich es *nicht* bin, oder?"

„Nein." Es gab eine Bewegung in ihrem Hals, als ob sie etwas Hartes herunterschluckte. „Nein. Ich möchte, dass du glücklich bist."

„Das tust du nicht. Du möchtest, dass ich richtig unglücklich bin."

„*Robin*!" Sie versuchte sich an einem Laut wie Gelächter. Aber Robin lachte nicht; seine Augen, trübsinnig und zynisch, hielten sie fest.

„Das ist es, was du willst. ... Wenigstens hoffe ich, dass du es tust. Wenn du es nicht tätest —"

Sie wehrte die Gefahr ab. „Möchtest du denn, dass *ich* unglücklich bin?"

Darüber lachte er laut auf. „Nein. Das tue ich nicht. Es ist mir egal, wie glücklich du bist."

Sie nahm den Schmerz davon hin, den Schmerz, den er ihr zufügen wollte.

An dem Abend war er um Priscilla herum mit einer betonten, übertriebenen Zärtlichkeit.

„Liebes ... Liebste ..." Er sprach die Worte zu Priscilla, aber er sandte seine Stimme hinaus zu Harriett. Sie konnte ihre falsche Klarheit, ihre Absicht spüren, ihre Zurückweisung gegen sie.
Sie war froh, abzureisen.

VII.

Achtzehnhundertneunundsiebzig. Es war das Jahr, in dem ihr Vater sein Geld verlor. Harriett war knapp fünfunddreißig.

Sie erinnerte sich an den Tag, spät im November, als sie hörten, wie er früh aus dem Büro nach Hause kam. Ihre Mutter hob den Kopf und sagte: „Das ist dein Vater, Harriett. Er muss krank sein." Sie dachte an neunundsiebzig immer wie an einen ewigen November.

Ihr Vater und ihre Mutter waren für eine lange Zeit allein im Arbeitszimmer; sie erinnerte sich, wie Annie mit der Lampe hineinging und herauskam und flüsterte, dass sie nach ihr verlangten. Sie fand sie allein bei Lampenlicht sitzend, dicht beieinander, einander die Hand haltend; ihre Gesichter hatten einen eigenartigen, erhabenen Ausdruck.

„Harriett, mein Liebes, ich habe jeden Shilling verloren, den ich besessen habe, und deine Mutter sagt mir hier, dass es ihr nichts ausmacht."

Er fing an, in seiner ruhigen Stimme zu erklären: „Wenn alle Gläubiger vollständig bezahlt sind, wird es nichts weiter geben im Jahr als die Zweihundert von deiner Mutter. Und das Geld von der Versicherung, wenn ich nicht mehr lebe."

„Oh, Papa, wie schrecklich —"

„Ja, Hatty."

„Ich meine die Versicherung. Das ist ein Glücksspiel mit deinem Leben."

„Mein Liebes, wenn das alles wäre, um das ich gespielt hätte —!"

Es schien, dass die Hälfte seines Kapitals verloren gegangen war durch die, wie er es nannte, ‚höhere Mathematik des Glückspiels'. Die Gläubiger würden den Rest bekommen.

„Es wird uns nicht schlechter gehen", sagte ihre Mutter, „als zu der Zeit, als wir angefangen haben. Wir waren damals sehr glücklich."

„Wir. Was ist mit Harriett?"

„Harriett wird es nichts ausmachen."

„Es wird dir — nichts — ausmachen. … Wir werden das Haus verkaufen müssen und in einem kleineren wohnen. Und ich kann meine geschäftliche Tätigkeit nicht wieder aufnehmen."

„Mein Lieber, ich bin froh und dankbar, dass du mit diesem fürchterlichen, gefährlichen Spiel abgeschlossen hast."

„Ich hatte kein Recht, zu spielen. … Aber nachdem ich mich all die Jahre gehalten hatte, gab es eine Art Faszination."

Einer der Gläubiger, Mr Hichens, gab ihm Arbeit in seinem Büro. Er war nun Mr Hichens'

Angestellter. Er ging zu Mr Hichens, wie er zu seinem eigenen großen Geschäft gegangen war, aufrecht und rege, gut aussehend in seinem dunkelgrauen Übermantel mit dem schwarzen Samtkragen, leicht amüsiert über sich selbst. Man hätte nie gedacht, dass etwas passiert war.

Merkwürdig, dass zur gleichen Zeit Mr Hancock Geld verloren hatte, eine ganze Menge Geld, mehr Geld als Papa. Er schien entschlossen, dass jeder es wissen sollte; man konnte nicht an ihm in der Straße vorbeigehen, ohne es zu wissen. Er begegnete einem mit seinem aufgedunsenen roten Gesicht, das herunterhing; beschämt, betrübt und verärgert, als ob man Schuld gewesen wäre.

Eines Tages kam Harriett mit einer Neuigkeit zu ihrem Vater und ihrer Mutter herein. „Wusstet ihr, dass Mr Hancock seine Pferde verkauft hat? Und er wird das Haus aufgeben."

Ihre Mutter bedeutete ihr, still zu sein, wobei sie die Stirn runzelte, den Kopf schüttelte und ihren Vater anblickte. Er stand plötzlich auf und verließ das Zimmer.

„Er grämt sich zu Tode wegen Mr Hancock", sagte sie.

„Ich wusste nicht, dass er sich so viel aus ihm macht, Mama."

„Oh, nun, er kennt ihn seit dreißig Jahren, und es ist eine ganz scheußliche Sache, dass er sein Haus aufgeben muss."

„Es ist nicht schlimmer für ihn als für Papa."

„Es ist weit schlimmer. Er ist nicht wie dein Vater. Er kann ohne sein großes Haus und seine Kutschen und seine Pferde nicht glücklich sein. Er wird sich so klein und unbedeutend vorkommen."

„Nun, dann geschieht es ihm recht."

„Sag so etwas nicht. Das ist, was ihm wichtig ist, und er hat es verloren."

„Er hat kein Recht, sich zu benehmen, als sei es Papas Schuld", sagte Harriett. Sie hatte keine Nachsicht mit diesem abstoßenden kleinen Mann. Sie dachte an das Gesicht ihres Vaters, an die Figur ihres Vaters, gerade und ruhig, und seine Seele, die so weit über den armseligen Sorgen von Mr Hancock stand, dieser vulgären Scham.

Und doch zerrieb er sich innerlich. Und plötzlich fing er an zusammenzufallen. Er wurde schwach nach der geringsten Anstrengung und musste es aufgeben, zu Mr Hichens zu gehen. Und im Frühling achtzehnhundertachtzig befand er sich oben in seinem Zimmer, zu krank, um sich rühren zu können. Das war, kurz nachdem Mr Hichens das Haus gekauft hatte und hineinkommen wollte. Er lag, ergeben, in dem großen weißen Bett, lächelte sein leichtes, amüsiertes Lächeln, wenn er an Mr Hichens dachte.

Es war schrecklich für Harriett, dass ihr Vater krank sein musste, daliegend, ihrer Gnade ausgesetzt. Sie konnte über ihr Empfinden für sein Vaterdasein, für seine Autorität nicht hinwegkommen. Wenn er starrköpfig war und darauf bestand, sich zu verausgaben, gab sie nach. Sie war eine schlechte Krankenpflegerin, weil sie sich nicht gegen seinen Willen stellen konnte. Und wenn sie ihn unter ihren Händen hatte, um ihn auszukleiden und zu waschen, hatte sie das Gefühl, etwas Ungeheuerliches und Respektloses zu tun; sie verrichtete es mit brennendem Gesicht und fahrigen Händen. „Deine Mutter macht es besser", sagte er sanft. Aber sie konnte sich nicht die Einstellung ihrer Mutter aneignen, ihn als hilfloses, abhängiges Etwas zu sehen.

Mr Hichens kam jede Woche, um sich zu erkundigen. „Armer Mann, er möchte wissen, wann er sein Haus haben kann. Warum *muss* er immer an meinen guten Tagen kommen? Er gibt sich keine Chance."

Er hatte immer noch gute Tage, Tage, an denen man ihm aus dem Bett helfen und er sich in seinen Sessel setzen konnte. „Diese Art Spiel könnte ewig weitergehen", sagte er. Er machte sich ernstlich

Sorgen darüber, dass er Mr Hichens von seinem Haus fernhielt. „Es ist nicht anständig von mir. Es ist nicht anständig."

Harriett war vor Anspannung darüber krank. Sie musste für zwei Wochen mit Lizzie Pierce wegfahren, und Sarah Barmby blieb bei ihrer Mutter. Mrs Barmby war im Jahr zuvor gestorben. Als Harriett zurückkehrte, machte ihr Vater Pläne für seinen Umzug.

„Warum seid ihr alle davon überzeugt, dass es mich umbringt, wenn ich ausziehe. Das wird es nicht. Die Männer können alles wegtragen, bis auf mich, mein Bett und den Sessel. Und wenn sie alle Sachen ins andere Haus gebracht haben, können sie für den Sessel und mich zurückkommen. Und ich kann im Sessel sitzen, während sie das Bett bringen. Es ist ganz einfach. Es braucht nur ein wenig System."

Dann, während sie überlegten, ob sie es riskieren sollten, ging es ihm schlechter. Er lag da, aufgestützt, steif, seine Arme zur Seite ausgestreckt, und hatte Angst, eine Hand zu rühren, wegen der heftigen Schläge seines Herzens. Sein Gesicht hatte einen geduldigen, erwartungsvollen Ausdruck, als ob er darauf wartete, dass sie etwas taten.

Sie konnten nichts tun. Es werde keine Erholung mehr geben. Er könne jeden Tag sterben, sagte der Doktor.

„Er könnte jede Minute sterben. Ich erwarte nicht mehr, dass er die Nacht überlebt."

Harriett folgte ihrer Mutter zurück ins Zimmer. Er saß auf mit seiner Haltung rigider Erwartung; bewegungslos, außer dem Flattern seines Nachhemds über seinem Herzen.

„Der Doktor ist schon lange fort, nicht?", sagte er.

Harriett schwieg. Sie verstand nicht. Ihre Mutter blickte sie mit ruhigem Verständnis und Mitgefühl an.

„Arme Hatty", sagte er, „sie kann nicht lügen, um mein Leben zu retten."

„Oh – Papa —"

Er lächelte, als ob er an etwas dachte, das ihn amüsierte.

„Du solltest an andere Menschen denken, mein Liebes. Nicht nur an deine eigenen, selbstsüchtigen Gefühle. … Du solltest Mr Hichens schreiben und ihm Bescheid sagen."

Ihre Mutter gab ein kurzes, schluchzendes Lachen von sich.

„Oh, du Lieber", sagte sie.

Er lag still. Dann begann er plötzlich, mit beiden Händen heftig auf die Matratze einzudrücken, um sich im Bett aufzustützen. Ihre Mutter lehnte sich dichter zu ihm. Er warf sich quer herüber und fiel, mit dem Kopf geneigt, als ob er abgeknickt wäre, in ihre Arme.

Harriett wunderte sich, warum er dieses eigenartig kratzende und keuchende Geräusch machte. Drei Mal.

Ihre Mutter rief ihr leise zu —

„Harriett."

Sie fing an zu zittern.

VIII.

Ihre Mutter hatte ein Geheimnis, das sie nicht teilen konnte. Sie war wunderbar in ihrer reinen, starken Ruhe. Sicherlich hatte sie ein Geheimnis. Sie sagte, er sei ihr nun näher, als er es jemals gewesen sei. Und in ihren ordentlichen, präzisen Antworten auf die Kondolenzbriefe schrieb Harriett: „Ich fühle, dass er uns nun näher ist, als er es jemals war." Aber sie fühlte es nicht wirklich. Sie meinte nur, dass es fein und angemessen sei, es zu fühlen. Sie suchte nach dem Geheimnis ihrer Mutter und fand es nicht.

In der Zwischenzeit hatte ihnen Mr Hichens sechs Wochen gegeben. Sie mussten entscheiden, wohin sie gehen sollten: nach Devonshire oder in ein Cottage in Hampstead, wo Sarah Barmby jetzt lebte.

Ihre Mutter sagte, „Meinst du, es würde dir gefallen, in Sidmouth zu leben, in der Nähe von Aunt Harriett?"

Sie hatten einen Sommer bei Aunt Harriett verbracht. Sie erinnerte sich an die roten Klippen, das Meer und an Aunt Harrietts Garten, vollgestopft mit Blumen. Sie waren dort glücklich gewesen. Sie dachte, dass es ihr gefallen würde: das

Meer und die roten Klippen und ein Garten wie Aunt Harrietts.

Aber sie war sich nicht sicher, ob es das war, was ihre Mutter tatsächlich wollte. Mama würde es nie sagen. Sie würde es irgendwie herausfinden müssen.

„Nun — was meinst du?"

„Du würdest all deine Freunde verlassen, Hatty."

„Meine Freunde — ja. Aber —"

Lizzie und Sarah und Connie Pennefather. Sie könnte ohne sie leben.

„Oh, da wäre Mrs Hancock."

„Nun —" Die Stimme ihrer Mutter deutete an, dass, wenn man sie vor die Wahl stellte, sie ohne Mrs Hancock leben könne.

Und Harriett dachte: „Also möchte sie nach Sidmouth gehen."

„Es wäre sehr schön, in der Nähe von Aunt Harriett zu sein."

Sie hatte Angst, mehr zu sagen als das, damit sie nicht ihren eigenen Wunsch früher zeigte, bevor sie den ihrer Mutter kannte.

„Aunt Harriett. Ja. ... Aber es ist sehr weit weg, Hatty. Wir wären von allem abgeschnitten. Vorträge und Konzerte. Wir könnten es uns nicht leisten, hin- und herzufahren."

„Nein, das könnten wir nicht."

Sie konnte sehen, dass Mama nicht wirklich in Sidmouth leben wollte; sie wollte nicht in der Nähe von Aunt Harriett sein; sie wollte das Cottage in Hampstead und dass all die Dinge ihres vertrauten, intellektuellen Lebens immer weiterliefen. Letztlich könne man Papa so nahe bleiben, wenn man die Dinge weitermache, die man zusammen gemacht hatte.

Ihre Mutter pflichtete ihr darin bei.

„Ich habe einfach das Gefühl", sagte Harriett, „dass es das ist, was er gewollt hätte."

Das Gesicht ihrer Mutter war ruhig und zufrieden. Das hatte sie nicht vermutet.

Sie verließen das weiße Haus mit dem grünen Balkon, der wie ein Vogelkäfig an der Seite heraushing, und kamen im Cottage in Hampstead unter. Die Zimmer waren klein und recht dunkel, und die Möbel, die sie mitgebracht hatten, sahen gedrängt und unvorteilhaft aus. Das blaue Ei auf der Marmorplatte des Tisches war auffällig und hässlich, wie es nie im Salon in Black's Lane gewesen war. Harriett und ihre Mutter betrachteten es.

„Muss es hier bleiben?"

„Ich denke schon. Fanny Hancock hat es mir geschenkt."

„Mama — du magst es doch gar nicht."

„Nein. Aber nach all den Jahren konnte ich das arme Ding nicht wegstellen."

Ihre Mutter war eine alte Frau, die mit einer alten, starrsinnigen Treue an den kleinen Dingen ihrer Vergangenheit hing. Aber Harriett bestritt das. „Sie ist nicht alt", sagte sie sich. „Nicht wirklich alt."

„Harriett", sagte ihre Mutter eines Tages, „ich denke, du solltest den Haushalt führen."

„Oh, Mama, warum?" Sie hasste die Vorstellung einer solchen Veränderung.

„Weil du es eines Tages tun musst."

Sie fügte sich. Doch während sie ihre Rundgänge machte und ihre Anordnungen gab, hatte sie das Gefühl, dass sie etwas tat, was nicht ganz wirklich war, dass sie ihre Mutter spielte, wie sie es getan hatte, als sie ein Kind war. Dann kam ihre Mutter auf einen Gedanken.

„Harriett, ich finde, du solltest deine Freunde häufiger sehen."

„Warum?"

„Weil du sie brauchen wirst, wenn ich nicht mehr da bin."

71

„Ich werde nie jemand anderen außer dir *brauchen*."

Und ihre Zeit verging, wie sie es zuvor getan hatte: gemeinsam nähend, gemeinsam lesend, gemeinsam Vorträge und Konzerte besuchend. Sie hatten Sarah gesagt, dass sie nicht wünschten, von jemandem besucht zu werden. Sie waren Frau und Tochter von Hilton Frean. „Nach unserem wunderbaren Leben mit ihm", sagten sie, „wirst du verstehen, Sarah, dass wir keine Leute wünschen." Und wenn Harriett irgendeinem Fremden vorgestellt wurde, rechtfertigte sie sich arrogant: „Mein Vater war Hilton Frean."

Sie trugen seinen *Nachlass* zusammen für eine Veröffentlichung.

Monate vergingen, Jahre vergingen, die jeweils schneller abliefen als die vorangegangenen. Und Harriett war neununddreißig.

Eines Abends, als sie gerade aus der Kirche kamen, fiel ihre Mutter in Ohnmacht. Das war der Beginn ihrer Krankheit, Februar achtzehnhundertdreiundachtzig. Zuerst kamen die langen Monate der Schwäche, dann die Monate und Monate der Krankheit, dann die Schmerzen, die Schmerzen, die sie verheimlicht hatte, die sie nicht mehr verheimlichen konnte.

Sie wussten nun, was es war: die schreckliche Sache, die zu benennen sogar Ärzte Angst hatten. Sie nannten es „etwas Bösartiges". Wenn Freunde – Mrs Hancock, Connie Pennefather, Lizzie und Sarah – vorbeikamen, um sich zu erkundigen, sagte ihnen Harriett nicht, was es war; sie behauptete, dass sie es nicht wisse, dass die Ärzte nicht sicher seien; sie verbarg es vor ihnen, als wäre es eine stille Schande. Und sie gaben vor, dass sie es nicht wüssten. Aber sie wussten es.

Sie sprachen nun über eine Operation. Die Chancen standen für sie eins zu hundert, wenn sie Sir James Pargeter bekämen: eine Chance. Sie könnte daran sterben; sie könnte unter der Narkose sterben; sie könnte an einem Schock sterben; sie war so alt und schwach. Dennoch gab es diese eine Chance, wenn sie sie nur wahrnähme.

Doch ihre Mutter wollte nicht hören. „Mein Liebes, das würde hundert Pfund kosten."

„Woher weißt du, was es kosten würde?"

„Oh", sagte sie, „ich weiß es." Sie lächelte über dem Laken, das fest um sie gelegt war, stramm unter ihrem Kinn, alles abschließend.

Sir James Pargeter würde hundert Pfund kosten. Harriett konnte das Geld nicht aufbringen oder die Hälfte oder ein Viertel.

„Das ist nicht wichtig, wenn sie glauben, dass es dich retten wird."

„Sie *glauben* es; sie glauben es. Aber ich *weiß* es. Ich weiß es besser als all die Ärzte.

„Aber Mama, Liebes —"

Sie drängte zur Operation. Nur weil es so schwierig war, die hundert Pfund aufzubringen, drängte sie dazu. Sie wollte das Gefühl haben, dass sie alles versucht hatte, was getan werden konnte, dass sie nichts hat im Wege stehen lassen, dass sie vor keinem Opfer zurückgewichen war. Eine Chance von eins zu hundert. Was bedeuteten schon hundert Pfund gegenüber dieser einen Chance? Wenn es eine Chance von tausend gewesen wäre, hätte sie dasselbe gesagt.

„Es hätte keinen Zweck, Hatty. Ich weiß es. Sie mögen einfach gern herumexperimentieren, diese Ärzte. Sie wollen unbedingt ihre Messer in mich stoßen. Lass sie es *nicht* tun."

Allmählich, Tag für Tag, gab Harriett nach. Die ängstliche Stimme ihrer Mutter setzte ihr zu, ließ sie zusammenbrechen. Angenommen, sie stürbe tatsächlich bei der Operation? Angenommen — Es war grausam, sie nur deshalb aufzuregen und zu beunruhigen; es machte die Schmerzen schlimmer.

Entweder die Operation oder der Schmerz, der immer weiterging, mit immer schärferen Messern stach, tiefer einschnitt; all ihre Mühen, die Desinfektionen, die Aufbaumittel, die ihn hervorholten, die ihm immer mehr Zeit gaben, sie zu quälen.

Als die drei Freundinnen kamen, sagte Harriett, „Ich kann froh sein und dankbar, wenn das Ganze vorbei ist. Ich darf mir nicht wünschen, sie bei mir zu behalten, nur darum."

Und doch wünschte sie es sich. Sie war jeden Morgen dankbar, wenn sie zum Bett ihrer Mutter kam und sie lebend vorfand, daliegend, sie mit ihrem wunderbaren Lächeln anblickend. Sie war froh, weil sie sie noch hatte.

Und nun gaben sie ihr Morphium. Durch die Trägheit der Droge veränderte sich ihr Gesicht; die Muskeln wurden schlaff, das Fleisch hing herab, der geweitete, geschwollene Mund hing offen; nur die breite schöne Stirn, die schönen gelassenen Augenbrauen waren unverändert; das Gesicht, teigig weiß, halb wild, war eine Maske, die zur Seite geschoben war. Sie konnte es nicht ertragen, es anzusehen; das war nicht das Gesicht ihrer Mutter; ihre Mutter war unter dem Morphium bereits gestorben. Sie war jedes Mal geschockt, wenn sie hereinkam und es immer noch vorfand.

Am Tag, als ihre Mutter starb, sagte sie sich, sie sei froh und dankbar. Sie begegnete ihren

Freundinnen mit schmalem, ruhigem, gesetztem Gesicht und sagte, „Ich bin froh und dankbar, dass sie Frieden hat." Aber sie war nicht dankbar; sie war nicht froh. Sie wollte sie wieder zurückhaben. Und sie machte sich Vorwürfe, in einer Minute dafür, dass sie froh gewesen war, und in der nächsten, dass sie sie zurückhaben wollte.

Sie tröstete sich mit dem Gedanken an die Opfer, die sie gebracht hatte, wie sie Sidmouth aufgegeben hatte und wie bereitwillig sie die hundert Pfund gezahlt hätte.

„Manchmal denke ich, Hatty", sagte Mrs Hancock, melancholisch und tröstend, „dass es anders gewesen wäre, wenn deine arme Mutter nach ihrem Wunsch hätte handeln können."

„Was – was für ein Wunsch?"

„Ihr Wunsch, in Sidmouth zu leben, in der Nähe deiner Aunt Harriett."

Und Sarah Barmby, die tief bedauerte, kurz vorbeikam und grübelte, weil sie nach etwas zu sagen suchte: „Wenn die Operation doch nur vor drei Jahren durchgeführt worden wäre, als sie *wussten*, dass es sie retten würde —"

„Vor drei Jahren? Aber damals wussten wir davon nichts."

„*Sie* schon. … Erinnerst du dich nicht? Es war, als ich bei ihr zu Besuch war. … Oh, Hatty, hat sie es dir nicht gesagt?"

„Sie hat nie ein Wort gesagt."

„Oh, nun, sie wollte davon nichts hören, sogar als sie ihr sagten, dass sie ihr keine zwei Jahre mehr zu leben geben würden."

Drei Jahre? Sie hatte es vor drei Jahren gehabt. Sie hatte die ganze Zeit davon gewusst. Vor drei Jahren hätte die Operation sie gerettet; sie wäre jetzt hier gewesen. Warum hatte sie sie abgelehnt, wenn sie wusste, dass sie sie retten würde?

Sie hatte an die hundert Pfund gedacht.

Es drei Jahre lang zu wissen und nichts zu sagen — immer zu denken, sie hätte keine zwei Jahre mehr zu leben —

Das war ihr Geheimnis. Deshalb war sie so ruhig, als Papa starb. Sie hatte gewusst, dass sie ihn bald wiederhaben würde. Keine zwei Jahre —

„Wenn ich sie gewesen wäre", sagte Lizzie gerade, „hätte ich mir lieber die Zunge abgebissen, als es dir zu sagen. Es hat keinen Zweck, sich zu beunruhigen, Hatty. Du hast alles getan, was man tun konnte."

„Ich weiß. Ich weiß."

Sie zeigte sich ihnen gegenüber tapfer; doch sich selbst sagte sie, dass nicht alles getan worden sei.

Ihre Mutter hatte nie nach ihrem Wunsch handeln können. Und sie war qualvoll gestorben, damit sie, Harriett, ihre hundert Pfund behalten konnte.

IX.

In all ihren Voraussehungen auf das Ereignis hatte sie sich als dieselbe Harriett Frean überleben sehen, zusätzlich versehen mit einem überwältigenden Kummer. Sie war entsetzt über diese Vorstellung von sich, fortzudauern neben dem Platz ihrer Mutter, leer in Raum und Zeit.

Aber sie war nicht da. Durch die Versunkenheit in ihre Mutter war ein großer, bedeutender Teil von ihr selbst verschwunden. Es war nicht so gewesen, als ihr Vater starb; was er verschlungen hatte, war ihr zurückgegeben worden, weitergeleitet an ihre Mutter. All ihre Erinnerungen an ihre Mutter waren mit der Erinnerung an das nun unwiederbringliche Selbst verbunden.

Sie versuchte sich durch die Trauer wiederherzustellen; sie suchte hinter dem Verlust Schutz, indem sie eine noch weitreichendere Zurückgezogenheit vortäuschte, Fremde verabscheute; sie war mehr denn je die reservierte, wählerische Tochter von Hilton Frean. Sie hatte sich immer als etwas Besonderes im Vergleich zu Connie und Sarah betrachtet, weil sie ein überlegeneres intellektuelles Leben führte. Sie wandte sich den Büchern zu, die sie mit ihrer Mutter gelesen hatte, Dante, Browning, Carlyle und

Ruskin, den *Biografien bedeutender Männer*, und versuchte, die Fußspuren ihres verlorenen Ichs aufzuspüren, die vergessene Erregung wiederzubeleben. Doch es hatte keinen Zweck. Eines Tages las sie die Widmung von *Der Ring und das Buch* immer und immer wieder, ohne ihre Bedeutung zu begreifen, ohne eine Erinnerung an ihr ergreifendes Geheimnis. „Und alles ein Wunder und ein wildes Verlangen' – Mama liebte es." Sie dachte, sie würde es auch lieben, aber was sie liebte, war das dunkle, grüne Buch, das sie in den langen, weißen Händen ihrer Mutter gesehen hatte, und den Klang der Stimme ihrer Mutter, wenn sie vorlas. Sie war den Gedanken ihrer Mutter gefolgt mit bemühter Aufmerksamkeit und Sorge, lächelte, wenn sie lächelte, aber ohne eigene Freude oder Bewunderung.

Wenn sie sich doch nur hätte erinnern können. Nur durch Erinnerung konnte sie sich wiederherstellen.

Ihr graute vor dem leeren Haus. Ihre Freundinnen rieten ihr, es zu verlassen, doch ihr graute vor einem Umzug, vor Veränderung. Sie liebte die Zimmer, in denen sich ihre Mutter aufgehalten hatte, den Sessel, in dem sie gesessen hatte, die weiße, bogenförmige Tasse, aus der sie während ihrer Krankheit getrunken hatte; und daneben, schattenhaft und pathetisch, nahm sie das Bild ihres verlorenen Ichs wahr.

Wenn sie das Grauen vor der Leere überkam, kleidete sie sich in ihr Schwarzes, mit feiner Sorgfalt und Genauigkeit, und besuchte ihre Freundinnen. Sogar in grundlosen Augenblicken sah sie sich an Lizzies oder Sarahs Tür klopfen oder an Connie Pennefathers. Wenn sie nicht zu Hause waren, kam sie immer wieder, bis sie da waren. Sie saß dann stundenlang dort, erzählend, die Zeit in die Länge ziehend.

Sie fing an, sich auf diese Besuche zu freuen.

Wunderbar. Die Wicken, die sie gepflanzt hatte, waren aufgegangen.

Bislang hatte Harriett sich um Haus und Garten gekümmert, als seien sie Teil des Raums, in dem sie sich bewegte, ohne zu ihr zu gehören. Sie hatte nicht das Gefühl von Besitz. An diesem Morgen wurde sie von dem Gedanken ergriffen, dass das Stück Land, das sie bepflanzt hatte, ihres war. Das Haus und der Garten gehörten ihr. Sie fing an, sich dafür zu interessieren. Sie stellte fest, dass sie durch ein System pünktlicher Handhabungen ihrem Dasein den vernünftigen Anschein von Zielstrebigkeit geben konnte.

Im nächsten Frühling, ein Jahr nach dem Tod ihrer Mutter, spürte sie die vage Regung ihrer individuellen Seele. Sie konnte ihren Pfarrer frei wählen; sie verließ denjenigen ihrer Mutter, Dr. Braithwaite, der kräftig war und zweimal verheiratet, und ging zu Kanonikus Wrench, der unverheiratet war und hochkirchlich. Es lag etwas Anregendes in dem kurzen, fröhlichen Gottesdienst, der reichen Musik, dem Weihrauch und der Prozession. Sie nähte neue Bezüge für den Salon, aus Cretonne, ein buntes Muster aus dunkelroten und blaugrünen Blättern. Und da sie die Schnitzel immer einfach gebraten gegessen hatte, weil sie ihre Mutter so mochte, aß sie sie nun paniert.

Und Mrs Hancock wollte wissen, *warum* Harriett die Kirche ihrer lieben Mutter verlassen hatte; und als Connie Pennefather die Bezüge sah, sagte sie zu Harriett, dass sie Glück habe, sich neuen Cretonne leisten zu können. Das sei mehr, als *sie* könne; sie schien zu denken, dass Harriett kein Recht hätte, sich das zu leisten. Was die panierten Schnitzel betraf, machte Hannah große Augen und sagte, „So hat sie die Herrin immer gegessen, Ma'am, wenn Sie weg waren."

Eines Tages nahm sie das blaue Ei aus dem Salon und stellte es auf den Kaminsims im

Gästezimmer. Als sie sich daran erinnerte, wie sehr sie es immer geliebt hatte, meinte sie, dass sie etwas Grausames und Ungeheuerliches, aber etwas Notwendiges für die Seele getan hatte.

Sie nahm sich nun Romane aus der Leihbücherei. Nicht, wie sie erklärte, für ihre ernsthafte Lektüre. Ihre ernsthafte Lektüre, ihr Dante, ihr Browning, ihre *Bedeutenden Männer*, lagen immer auf dem Tisch, für sie griffbereit (neben einer Ausgabe von *Die Gesellschaftsordnung* und *Nachlass* von Hilton Frean), während sie heimlich und halb beschämt mit frivoleren Geschichten spielte. Sie war zufrieden mit allem, was glücklich endete und nichts besaß, was unerfreulich oder schwierig war, indem es Nachdenken einforderte. Sie erhob ihre Vorlieben in einen hohen Kanon. Ein Roman sollte ihren Ansprüchen genügen. Ein Schriftsteller (sie dachte an ihn mit einer gewissen Schroffheit), hatte kein Recht, schwer verständlich oder deprimierend zu sein oder unnötig Unerfreuliches dem Unerfreulichen hinzuzufügen, das sein musste. Die *Bedeutenden Männer* taten *so etwas* nicht.

Sie sprach von George Eliot und Dickens und Mr Thackeray.

Lizzie Pierce hatte eine provozierende Art, Harriett anzulächeln, als fände sie sie lächerlich.

83

Und Harriett hatte keine Geduld mit Lizzies Affektiertheiten in dem Bestreben, modern zu sein, ihrer Eitelkeit in dem Versuch, jung zu sein, ihrem altmodischen Entzücken über die Arbeit – häufig unerfreulich – von Schriftstellern, die zu jung waren, um einer ernsthaften Betrachtung wert zu sein. Sie hatten lange Streitgespräche, bei denen Harriett, geschlagen, sich hinter *Die Gesellschaftsordnung* und *Nachlass* zurückzog.

„Es ist albern", sagte Lizzie, „nicht fähig zu sein, etwas Neues anzusehen, weil es neu ist. Das ist die Art, wie du alt wirst."

„Es ist alberner", sagte Harriett, „ständig hinter neuen Dingen herzulaufen, weil du meinst, das sei die Art, jung zu wirken. Ich habe nicht den Wunsch, jünger zu wirken, als ich bin."

„Ich habe nicht den Wunsch auszusehen, als ob ich unter senilem Verfall leide."

„Es *gibt* Maßstäbe." Harriett hob ihr starrsinniges und arrogantes Kinn. „Du vergisst, dass ich Hilton Freans Tochter bin."

„Ich bin William Pierces, aber das hat mich nicht davon abgehalten, ich selbst zu sein."

Lizzies Geist war in ihrem aufgeweckten mittleren Alter schärfer geworden. Wenn er um sie herum spielte, duckte sich Harriett; es war, als würde man einem schneidenden Wind nackt ausgesetzt. Ihr Geist lief zurück zu ihrem Vater und zu ihrer Mutter, sehnte sich, wie ein Kind, nach ihrem Schutz und Rückhalt, um ihrer gesegneten Selbstgewissheit willen.

Zu ihren schlimmsten Zeiten konnte sie immer noch mit Freude an die Schönheit der Tat denken, die Priscilla Robin beschert hatte.

X.

„Meine liebe Harriett, – danke für Deinen liebenswürdigen Kondolenzbrief. Obwohl wir seit vielen Wochen das Ende erwartet hatten, kam der Tod der armen Prissie wie ein großer Schock. Aber für sie war es eine segensreiche Erlösung, und wir können einfach dankbar sein. Du, die Du sie kanntest, wirst die Tiefe und das Ausmaß meines Verlustes begreifen. Ich habe die liebste und liebenswerteste Ehefrau verloren, die ein Mann haben konnte. …"

Arme kleine Prissie. Sie konnte es nicht ertragen, zu denken, dass sie sie niemals wiedersehen würde.

Sechs Monate später schrieb Robin erneut aus Sidmouth.

„Liebe Harriett, – Priscilla hat Dir dieses Medaillon in ihrem Testament als Erinnerungsstück hinterlassen. Ich hätte es schon früher geschickt, aber ich konnte es nicht ertragen, mich sofort von all ihren Dingen zu trennen.

Ich nutze die Gelegenheit, um dir zu sagen, dass ich wieder heiraten werde —"

Ihr Herz krümmte und verschloss sich. Sie hätte niemals glauben können, dass sie einen solchen Schmerz verspüren würde.

„Die Dame ist Miss Beatrice Walker, die hingebungsvolle Pflegerin, die während ihrer ganzen Krankheit bei meiner geliebten Frau war. Dieser Schritt erscheint vielleicht merkwürdig und überstürzt, so bald nach ihrem Tod; doch ich bin genötigt, es zu tun aufgrund des prekären Zustands meiner eigenen Gesundheit und durch das Wissen, dass wir Prissies letzten Wunsch erfüllen. …"

Der letzte Wunsch der armen Prissie. Nachdem, was sie für Prissie getan hatte, wenn sie einen letzten Wunsch gehabt *hätte* — Aber keiner von ihnen hatte an sie gedacht. Robin hatte sie vergessen. … Vergessen. … Vergessen.

Aber nein. Priscilla hatte sich erinnert. Sie hatte ihr das Medaillon mit seinem Haar darin hinterlassen. Sie hatte sich erinnert, und sie hatte Angst gehabt; war eifersüchtig auf sie. Sie konnte es nicht ertragen, sich vorzustellen, dass Robin sie heiraten könnte, selbst nachdem sie tot wäre. Sie hatte ihn dazu gebracht, diese Walker zu heiraten, damit er es nicht könnte —

Oh, aber er würde es nicht. Nicht nach zwanzig Jahren.

„Ich dachte nicht wirklich, dass er es tun würde."

Sie war fünfundvierzig, ihr Gesicht war faltig und narbig, und ihr Haar hatte einen staubigen

Farbton, durchzogen von Grau; und sie konnte sich Robin nur so vorstellen, wie sie ihn zuletzt gesehen hatte: jung, ein junges Gesicht, einen jungen Körper, junge, strahlende Augen. Er würde eine junge Frau heiraten wollen. Er war in diese Walker verliebt gewesen, und Prissie hatte das gewusst. Sie konnte Prissie sehen, wie sie in ihrem Bett lag, hilflos, sie über den Rand des weißen Lakens anblickend. Sie hatte gewusst, dass, sobald sie tot wäre und sich die Grasnarben über ihrem Grab geschlossen hätten, sie heiraten würden. Nichts konnte sie aufhalten. Und sie hatte versucht, sich vorzumachen, dass es ihr Wunsch sei, ihr Handeln, nicht ihres. Arme kleine Prissie.

Sie hatte gehört, dass Robin wegen seiner Gesundheit in Sidmouth geblieben war.

Ein Jahr später wurde Harriett, erschöpft, die See empfohlen. Sie fuhr nach Sidmouth. Sie sagte sich, dass sie den Ort sehen wolle, an dem sie mit ihrer Mutter so glücklich gewesen war, wo die arme Aunt Harriett gestorben war.

Die Lokalzeitung durchblätternd, fand sie die Gästeliste: Sidcote. – Mr und Mrs Robert Lethbridge und Miss Walker. Sie schrieb an Robin und fragte ihn, ob sie seiner Frau einen Besuch abstatten dürfte.

Eine Meile auf heißer Straße durch die Stadt und ins Landesinnere brachten sie vor eine Tür in einer Gasse und zu einem reetgedeckten Cottage mit einer kleinen Rasenfläche dahinter. Vom Hauseingang aus konnte sie zwei Gestalten sehen, einen Mann und eine Frau, die zurückgelehnt in Gartenstühlen saßen. Im Hausinneren hörte sie hartnäckiges, kraftvolles Hämmern. Die Frau stand auf und kam auf sie zu. Sie war jung, mit rosigem Gesicht und goldenen Haaren, und sie sagte, sie sei Miss Walker, Mrs Lethbridges Schwester.

Ein großer, schlanker, grauer Mann erhob sich vom Gartenstuhl, langsam, sich mit der Haltung eines Invaliden dahinschleppend. Seine Augen starrten, tastend; verschwommene Filme, die zwischen Tränensäcken und hängenden Lidern zitterten; lange Wangen, tief gefurcht, fielen zu dem ungefestigten Mund herunter, der unter dem weichen Schnurrbart herabhing. Das war Robin.

Er wurde aufgeregt, als er sie sah. „Armer Robin", dachte sie. „All diese Jahre, und es ist zu viel für ihn, mich zu sehen." Augenblicklich schleppte er sich vom Rasen zum Haus und verschwand durch die Terrassentür, aus der das Gehämmer kam.

„Habe ich ihn verjagt?", sagte sie.

„Aber nein, so ist er immer, wenn er fremde Gesichter sieht."

„Mein Gesicht ist nicht gerade fremd."

„Nun, er muss gedacht haben, dass es das ist."

Ein plötzlicher Schauer durchfuhr sie.

„Es wird ihm wieder gut gehen, wenn er sich an Sie gewöhnt hat", sagte Miss Walker.

Das fremde Gesicht von Miss Walker machte sie frösteln. Eine fremde junge Frau, die nahe bei Robin lebte, ihn beschützte, Robins Eigenarten erklärte.

Das hämmernde Geräusch hörte auf. Durch das hohe, offene Fenster sah sie eine Frau, die vom Boden aufstand und eine weiße Schürze ablegte. Sie kam über den Rasen zu ihnen mit erhobenen Armen, wirres Haar glättend, groß, eine volle, gerade Figur, getrimmt mit blauem Leinen. Ein voll aufgeblühtes Gesicht, bläulich rosa; schwere graue Augen, die leicht hervortraten; ein kräftiger Mund, fest und gesund und freundlich. Das war Robins Frau. Ihre Schwester war schlanker, frischer, gute zehn Jahre jünger, dachte Harriett.

„Entschuldigen Sie, wir ziehen eben erst ein. Ich habe gerade den Teppich in Robins Arbeitszimmer festgenagelt." Ihre Lippen waren so kräftig, dass sie sich steif bewegten, wenn sie sprach und lächelte.

Sie keuchte ein wenig, wie durch extreme Anstrengung.

Als sie alle saßen, wandte sich Mrs Lethbridge an ihre Schwester. „Robin hatte ganz recht. Es sieht viel besser aus, wenn er umgekehrt liegt."

„Willst du damit etwa sagen, dass er dich ihn wieder ganz hochnehmen und wieder hinlegen ließ? Also —"

„Was soll's … Miss Frean, Sie wissen nicht, wie es ist, wenn man einen Ehemann hat, der Dinge *genau so* haben will."

„Sie musste heute Morgen den Rasen mähen, weil Robin es nicht ertragen kann, einen Grashalm zu sehen, der höher ist als die anderen."

„Ist er wirklich so eigen?"

„Ich versichere Ihnen, Miss Frean, das ist er", informierte sie Miss Walker.

„Das war er nicht, als ich ihn kannte", sagte Harriett.

„Ah – meine Schwester verwöhnt ihn."

Mrs Lethbridge wunderte sich, warum er nicht wieder herausgekommen war.

„Ich denke", sagte Harriett, „vielleicht wird er kommen, wenn ich gehe."

„Oh, Sie dürfen nicht gehen. Es ist gut für ihn, Leute zu sehen. Das muntert ihn auf."

„Er wird schon wieder auftauchen", sagte Miss Walker, „wenn er die Teetassen hört."

Und um vier Uhr, als die Teetassen kamen, tauchte Robin auf, sich langsam vom Haus zum Rasen schleppend. Er blinzelte und zitterte vor Erregung; Harriett sah, dass er verärgert war, nicht über sie und nicht über Miss Walker, aber über seine Frau.

„Beatrice, was hast du mit meiner neuen Flasche Medizin gemacht?"

„Nichts, Liebes."

„Du hast nichts gemacht, obwohl du weißt, dass du meine letzte Dosis um zwölf entnommen hast?"

„Warum, ist sie nicht gekommen?"

„Nein, ist sie nicht."

„Aber Cissy hat sie heute Morgen bestellt."

„Habe ich nicht", sagte Cissy. „Ich habe es vergessen."

„Oh, Cissy —"

„Du musst Cissy nicht die Schuld geben. Du hättest dich selbst darum kümmern müssen. ... Sie war eine gute Pflegerin, Harriett, bevor sie meine Frau wurde."

„Mein Lieber, deine Pflegerin hatte nichts anderes zu tun. Deine Frau muss sauber machen und für dich flicken und dein Essen kochen und den Rasen mähen und den Teppich festnageln."

Während sie das sagte, blickte sie Robin an, als bewundere sie ihn.

Die ganze Teezeit lang sprach er über seine Gesundheit und über den Hygieneeimer, den sie nicht bekommen hatten. Etwas war mit ihm geschehen. Es passte nicht zu ihm, in sich selbst versunken zu sein und über Abfalleimer zu sprechen. Er sprach mit seiner Frau, als sei sie sein Kammerdiener gewesen. Er sah nicht, dass sie schwitzte, erschöpft durch die Anstrengung mit dem Teppich.

„Hol mir doch mal ein weiteres Kissen, Beatrice."

Sie erhob sich mit müder Geduld.

„Du könntest sie in Ruhe ihren Tee trinken lassen", sagte Miss Walker, aber sie war fort, bevor sie sie aufhalten konnten.

Als Harriett ging, lief sie mit ihr zur Gartenpforte und keuchte beim Gehen. Harriett bemerkte blasse, verschwommene Linien an ihren Mundwinkeln. Sie dachte: „Sie ist überhaupt nicht kräftig." Sie bewunderte den Garten.

Mrs Lethbridge lächelte. „Robin liebt ihn. … Aber Sie hätten ihn heute früh um fünf sehen müssen."

„Um fünf?"

„Ja. Ich stehe immer um fünf auf, um Robin eine Tasse Tee zu machen."

Harrietts letzter Abend. Sie aß in Sidcote zu Abend. Auf ihrem Weg dorthin hatte sie Robins Frau überholt, die Robin in einem Rollstuhl schob; Beatrice hatte gekeucht und geschwitzt und hatte Harriett stumme Zeichen gegeben, keine Notiz zu nehmen. Sie hatte gehen und sich hinlegen müssen, bis Robin nach ihr schickte, um sein Zigarettenetui zu finden. Nun stand sie in der Küche, um Robins Teil des Abendessens zu kochen, während er sich in seinem Arbeitszimmer hinlegte. Harriett unterhielt sich mit Miss Walker im Garten.

„Es war so freundlich von Ihnen, uns so häufig um sich zu haben."

„Oh, aber wir haben Sie sehr gern bei uns gehabt. Es ist so gut für Beatie. Schenkt ihr eine Pause von Robin. Ich meine nicht, dass sie eine Pause braucht. Aber wissen Sie, es geht ihr nicht gut. Sie sieht so groß, kräftig und lebhaft aus. Sie dürfte nicht machen, was sie tut."

„Sieht Robin das nicht?"

„Er sieht gar nichts. Er weiß nie, wann sie erschöpft ist oder Kopfschmerzen hat. Sie wird tot umfallen, bevor er es sieht. Er ist gänzlich selbstsüchtig, Miss Frean. Von sich selbst und von seinen schrecklichen kleinen Gebrechen erfüllt. Was immer mit Beatie passiert, er muss sein Früchtebrot haben und seine Suppe um elf und seinen Tee um fünf am Morgen. ...“

„Ich vermute, Sie denken, dass ich mehr helfen könnte?“

„Nun—“ Das dachte Harriett wirklich.

„Also, ich werde es einfach nicht. Ich werde Robin nicht ermutigen. Er sollte für sie eine richtige Hilfe besorgen und einen Mann für den Garten und den Rollstuhl. Ich wünschte, Sie hätten ihm einen Hinweis gegeben. Sagen Sie ihm, dass sie nicht kräftig ist. Ich kann es nicht. Sie würde mir den Kopf abschlagen. Würde es Ihnen etwas ausmachen?“

Es machte Harriett nichts aus. Es war ihr gleich, was sie sagte. Sie würde es nicht Robin sagen, sondern dem verachtenswerten Wesen, das Robins Platz eingenommen hatte. Sie sah Robin immer noch als jungen Mann, mit jungen, strahlenden Augen, der herbeigeeilt kam, um sich sofort zu stellen, um auf sich aufmerksam zu machen. Sie besaß keine Zuneigung für diesen selbstsüchtigen Invaliden, diesen schwachen, diesen mürrischen Tyrannen.

Arme Beatrice. Beatrice tat ihr leid. Sie verachtete sein Verhalten gegenüber Beatrice. Sie sagte sich, sie würde nicht Beatrice sein wollen, sie würde nicht Robins Frau sein wollen, um nichts in der Welt. Ihr Mitleid für Beatrice schenkte ihr stille Freude und Genugtuung.

Nach dem Abendessen saß sie draußen im Garten und unterhielt sich mit Robins Frau, während Cissy Walker mit Robin in seinem Arbeitszimmer Dame spielte, um Beatrice Erholung von ihm zu geben. Sie sprachen über Robin.

„Sie kannten ihn, als er jung war, nicht? Wie war er da?"

Sie wollte es ihr nicht sagen. Sie wollte den jungen, strahlenden Robin für sich behalten. Sie wollte aber auch zeigen, dass sie ihn gekannt hatte, dass sie einen Robin gekannt hatte, den Beatrice niemals kennen würde. Deshalb erzählte sie es ihr.

„Mein armer Robin", Beatrice blickte wehmütig drein, indem sie versuchte, den Robin zu sehen, den Priscilla ihr weggenommen hatte, den Harriett gekannt hatte. Dann wies sie sie zurück.

„Es ist ohne Belang. Ich habe den Mann geheiratet, den ich wollte." Sie ließ sich gehen.

„Cissy meint, ich habe ihn verdorben. Das stimmt nicht. Es war seine erste Frau, die ihn verdorben hat. Sie hat aus ihm ein nervliches Wrack gemacht."

„Er war ihr ergeben."

„Ja. Und jetzt zahlt er für seine Ergebenheit. Sie hat ihn ausgezehrt. ... Cissy meint, er sei selbstgefällig. Wenn er es ist, dann deshalb, weil er all seine Selbstlosigkeit aufgebraucht hat. Er hat von seinem moralischen Kapital gelebt. ... Ich habe das Gefühl, ich kann gar nicht genug für ihn tun, nachdem was er getan hat. Cissy weiß nicht, wie schlimm sein Leben mit Priscilla gewesen ist. Sie war die anspruchsvollste—"

„Sie war meine Freundin."

„War nicht auch Robin Ihr Freund?"

„Ja. Aber die arme Prissie war gelähmt."

„Sie war nicht gelähmt."

„Was war es dann?"

„Reine Hysterie. Robin hat sie nicht geliebt, und das wusste sie. Sie hat die Krankheit entwickelt, damit sie ihn festhalten konnte, damit sich seine Aufmerksamkeit irgendwie auf sie richtet. Ich sage nicht, dass sie es nicht anders machen konnte. Das konnte sie nicht. Aber das war es."

„Nun, sie ist daran gestorben."

„Nein. Sie starb an Lungenentzündung nach einer Influenza. Ich mache Prissie keinen Vorwurf.

Sie war bemitleidenswert. Aber er hätte sie niemals heiraten dürfen."

„Ich glaube nicht, dass Sie das sagen sollten."

„Sie wissen, wie er war", sagte Robins Frau. „Und sehen Sie sich ihn jetzt an."

Aber Harrietts Geist lehnte es hartnäckig ab, die beiden Robins und Priscilla miteinander zu verbinden.

Sie erinnerte sich daran, dass sie mit Robin sprechen musste. Sie gingen zusammen in sein Arbeitszimmer. Cissy sandte ihr einen Blick, ein Signal und erhob sich; sie stand an der Tür.

„Beatie, du könntest eine Minute herkommen."

Harriett war allein mit Robin.

„Nun, Harriett, wir waren nicht in der Lage, viel für dich zu tun. In meiner scheußlichen Situation –"

„Es wird dir wieder besser gehen."

„Niemals. Es ist vorbei für mich, Harriett. Ich klage nicht."

„Du hast eine hingebungsvolle Frau, Robin."

„Ja. Armes Mädchen, sie tut, was sie kann."

„Sie tut zu viel."

„Meine gute Frau, sie wäre nicht glücklich, wenn sie es nicht täte."

„Es ist nicht gut für sie. Kommt es dir nicht in den Sinn, dass sie nicht kräftig ist?"

„Nicht kräftig? Sie ist — sie ist beinahe unanständig robust. Was würde ich nicht geben, um ihre Kraft zu haben!"

Sie betrachtete ihn, seine schlanke Gestalt eingesunken im Sessel, das hängende, gebrechliche Gesicht; die verschwommenen, eulenhaften Augen, den Ausdruck verachtenswerten Selbstmitleids, der Selbstversunkenheit.

Das war Robin.

Das Schreckliche war, dass sie ihn nicht lieben konnte, nicht fortfahren konnte, treu zu sein. Das verletzte ihre Selbstachtung.

XI.

Ihr altes Dienstmädchen, Hannah, war gegangen, und ihr neues Dienstmädchen, Maggie, hatte ein Baby bekommen.

Nach dem ersten Schock und drei Monaten ohne Maggie kam es Harriett in den Sinn, dass es eine gute Tat wäre, Maggie zurückzunehmen und das Baby bei ihr bleiben zu lassen, da sie es nicht allein lassen konnte.

Das Baby lag in seiner Wiege in der Küche, dunkeläugig und rosig, seine fetten, nackten Knie krümmend, sein schiefes Lächeln lächelnd und vor sich her redend. Harriett musste es jedes Mal, wenn sie in die Küche kam, sehen. Manchmal hörte sie es weinen, ein unerträgliches Weinen, nerven- und herzzerreißend. Und manchmal sah sie, wie Maggie ihr schwarzes Kleid eilig aufknöpfte und ihre weiße, rosenknospige Brust hervorholte, um sein Weinen zu stillen.

Harriett konnte es nicht ertragen. Sie konnte es nicht ertragen.

Sie beschloss, dass Maggie gehen müsse. Maggie machte ihre Arbeit nicht ordentlich. Harriett fand Fusseln unter dem Bett.

„Ich bin sicher", sagte Maggie, „dass ich nicht schlechter arbeite als vorher, Ma'am, und Sie hab'n sich nie beklagt."

„Nicht schlechter ist nicht gut genug, Maggie. Ich finde, du hättest versuchen können, mich zufriedenzustellen. Nicht jeder hätte dich unter diesen Umständen genommen."

„Wenn Sie das denken, Ma'am, dann ist es sehr grausam und gemein, mich wegzuschicken."

„Dafür kannst du dich bei dir selbst bedanken. Es gibt nichts weiter zu sagen."

„Nein, Ma'am. Ich verstehe, warum ich gehen soll. Es ist wegen Baby. Sie wollen es nicht haben, und ich finde, das hätten Sie vorher sagen können."

Genau einen Monat später packte Maggie ihre braun angestrichene Holzkiste und die Wiege und den Kinderwagen. Der Gemüsehändler brachte sie mit einem Handwagen fort. Durch das Fenster des Salons sah Harriett, wie Maggie wegging, auf dem Arm das Baby, rosig und rund mit seinem weißen gestrickten Mützchen, seine fetten Hüften über ihren Arm quellend, und seinem weißen Schal. Die Pforte fiel hinter ihnen zu. Das Klicken berührte Harrietts Herz.

Drei Monate später tauchte Maggie wieder auf, mit schwarzem Hut und Kleid für Sonntage, rotäugig und demütig.

„Ich wollte Sie fragen, Ma'am, ob Sie mich wieder nehmen, weil ich jetzt kein Baby habe."

„Sie haben es nicht?"

„Is' gestorben, Ma'am, letzten Monat. Ich hab es bei einer Frau auf dem Land untergebracht. Sie war mir sehr empfohlen worden. Sie wurde sehr empfohlen, und ich habe ihr sechs Shilling in der Woche gezahlt. Aber ich glaube, sie hat etwas getan, was sie nicht sollte."

„Oh, Maggie, du meinst doch nicht, dass sie grausam zu ihm war?"

„Nein, Ma'am. Sie hatte das Baby sehr gern. Aber ob es das Essen war, das sie ihm gegeben hat, oder was, es war so ausgezehrt, Sie hätten es nicht wiedererkannt. Sie erinnern sich, wie es war, als es hier war."

„Ich erinnere mich."

Sie erinnerte sich. Sie erinnerte sich. Fett und rund in seinem weißen Schal und dem gestrickten Mützchen, als Maggie es den Gartenweg hinuntertrug.

„Ich möchte meinen, sie hat was gemacht, Sie nicht, Ma'am?"

Sie dachte: „Nein. Nein. Ich war es, die es tat, als ich es fortschickte."

„Ich weiß es nicht, Maggie. Ich fürchte, es war ganz schrecklich für dich."

„Ja, Ma'am … Ich habe mich gefragt, ob Sie es noch einmal mit mir versuchen, Ma'am."

„Bist du dir ganz sicher, dass du zu mir kommen möchtest, Maggie?"

„Ja'M. … Ich bin sicher, Sie hätten es behalten, wenn Sie es ertragen hätten, es um sich zu haben."

„Weißt du, Maggie, das war *nicht* der Grund, warum du gegangen bist. Wenn ich dich wieder nehme, musst du versuchen, nicht nachlässig und vergesslich zu sein."

„Es wird nichts dafür geben. Vorher war es erst Babys Vater und dann Baby."

Sie konnte sehen, dass Maggie sie nicht verantwortlich machte. Schließlich, warum sollte sie es? Wenn Maggie schlechte Vorkehrungen für ihr Baby getroffen hat, war Maggie verantwortlich.

Sie ging bei Lizzie und Sarah vorbei, um zu sehen, was sie dachten. Sarah dachte: „Nun — das ist eine ziemlich schwierige Frage", und Harriett ärgerte sich über ihr Zögern.

„Keineswegs. Es war an Maggie, zu gehen oder zu bleiben. Da sie unfähig war, war ich nicht geneigt, sie zu behalten, nur weil sie ein Baby gehabt hat. In dem Fall wäre ich ihr völlig ausgeliefert gewesen."

Lizzie sagte, sie denke, Maggies Baby wäre sowieso gestorben, und sie beide hofften, dass Harriett nicht darüber trübsinnig werden würde.

Harriett fühlte sich bestärkt. Sie würde nicht trübsinnig werden. Trotzdem ließ sie der Vorfall mit einem Gefühl der Unsicherheit zurück.

XII.

Das junge Mädchen, Robins Nichte, war erneut gekommen, großäugig, eifrig und hungrig, dankbar für das Sonntagsessen.

Harriett gewöhnte sich an diese Auftritte, verteilt über drei Jahre, seit Robins Frau sie gebeten hatte, nett zu Mona Floyd zu sein. Mona war dieses Mal gekommen, um ihr von ihrer Verlobung mit Geoffrey Carter zu erzählen. Die Neuigkeit schockierte Harriett zutiefst.

„Aber meine Liebe, du sagtest mir, er würde deine kleine Freundin, Amy – Amy Lambert heiraten. Was sagt Amy dazu?"

„Was *kann* sie sagen? Ich weiß, es ist ein bisschen hart für sie —!"

„Du weißt es, und trotzdem nimmst du dir dein Glück auf Kosten des armen Kindes."

„Wir müssen es. Wir können nichts anderes tun."

„Oh, meine Liebe —" Wenn sie es aufhalten könnte. … Eine Inspiration kam. „Ich kannte einmal ein Mädchen, das das hätte tun können, was du tust, nur tat sie es nicht. Sie verzichtete lieber auf den Mann, als ihre Freundin zu verletzen. *Sie konnte nichts anderes tun.*"

„Wie sehr hat er sie geliebt?"

„Ich weiß nicht, *wie sehr*. Er hat nie eine andere Frau geliebt."

„Dann war sie ein Dummkopf. Ein alberner Dummkopf. Hat sie nicht an *ihn* gedacht?"

„Hat sie es nicht?"

„Nein. Hat sie nicht. Sie hat an sich selbst gedacht. An ihre eigene moralische Anmut. Sie war ein selbstsüchtiger Dummkopf."

„Sie fragte den besten und weisesten Mann, den sie kannte, und er sagte ihr, sie könne nichts anderes tun."

„Den besten und weisesten Mann — oh, Gott!"

„Es war mein eigener Vater, Mona, Hilton Frean."

„Dann warst du es. Du und Uncle Robin und Aunt Prissie."

Harrietts Gesicht lächelte ihr gerades, dünnlippiges Lächeln, das müde, gefurchte Kinn arrogant gehoben.

„Wie konntest du?"

„Ich konnte es, weil ich dazu erzogen worden bin, nicht zuerst an mich zu denken."

„Dann war es nicht einmal deine eigene Idee. Du hast ihn geopfert für die eines anderen. Du hast nur deshalb drei Menschen unglücklich gemacht. Vier, wenn du Aunt Beatie mitzählst."

„Da war Prissie. Ich tat es für sie."

„Was hast du für sie getan? Du hast Aunt Prissie beleidigt."

„Beleidigt? Meine liebe Mona!"

„Es war eine Beleidigung, sie einem Mann zu überlassen, der sie nicht einmal körperlich lieben konnte. Aunt Prissie war die Unglücklichste von allen. Glaubst du, dass er es sie nicht hat spüren lassen?"

„Er hat es sie nie wissen lassen."

„Oh, hat er nicht! Sie wusste es genau. Deshalb ist sie krank geworden. Und deshalb ist er es. Und er wird Aunt Beatie umbringen. Jetzt lässt er es *sie* spüren. Sieh dir das schreckliche Leid an. Und du stellst es weiter gefühlvoll dar."

Das junge Mädchen stand auf, mit einer heftigen Geste seinen Schal über die Schultern werfend.

„Darin liegt kein gesunder Menschenverstand."

„Vielleicht kein *gesunder* Menschenverstand."

„Es ist ein ganzes Ende besser als Sentimentalität, wenn es ums Heiraten geht."

Sie gaben sich einen Kuss. Mona drehte sich in der Tür um.

„Hat er dich eigentlich weiter gern gehabt?"

„Manchmal denke ich schon. Manchmal denke ich, er hasste mich."

„Natürlich hasst er dich, nachdem was du ihm aufgehalst hast." Sie hielt inne. „Es macht dir doch nichts aus, dass ich dir die Wahrheit sage, oder?"

… Harriett saß lange Zeit da, die Hände im Schoß gefaltet, ihre Augen ins Zimmer starrend, während sie versuchte, die Wahrheit zu sehen. Sie sah das Mädchen, Robins Nichte, in ihrer jungen Empörung, ihr zärtliches Strahlen plötzlich verhärtet, plötzlich grausam, die Wahrheit heraussprühend. Stimmte es, dass sie Robin und Priscilla und Beatrice der Vorstellung ihrer Eltern von moralischer Anmut geopfert hatte? Stimmte es, dass diese Vorstellung ganz falsch gewesen war? Dass sie Robin hätte heiraten und glücklich sein können und im Recht?

„Es ist mir gleich. Wenn es morgen noch einmal getan werden müsste, würde ich es tun."

Doch die Anmut dieses einmaligen Handelns erschien ihr nicht mehr so wie zuvor, erhebend, tröstend, unzerstörbar.

Die Jahre vergingen. Sie vergingen mit einer unglaublichen Schnelligkeit. Es hatte etwas mit Mona zu tun, mit Maggie und mit Maggies Baby. Sie hatte keine klare Erleuchtung, nur ein trauervolles Eingeständnis ihrer eigenen Fruchtlosigkeit, ein beinahe physisches Gespür des

Verwelkens, ein Verschrumpeln, Stück für Stück ihres wunderbaren und ehrenwerten Ichs, das mit den Objekten ihrer drei tiefen Zuneigungen starb: ihrem Vater, ihrer Mutter, Robin. Allmählich hatte das Bild von Robin im mittleren Alter seine Jugend ausgelöscht.

Sie las mehr und mehr Romane aus den Leihbüchereien, von der Art, die immer weniger Aufmerksamkeit einforderte. Und stets erschien ihr ihre Unfähigkeit, sich zu konzentrieren, als ein berechtigter Anspruch auf Klarheit: „Der Mann hat kein Recht, so zu schreiben, dass ich es nicht verstehe."

Sie legte sich einen wöchentlichen Vorrat an Meinungen aus dem *Spectator* an und erwarb sich durch diese Maßnahme den Anschein intellektuellen Lebens.

Sie wurde mehr und mehr befriedigt vom Rhythmus der Jahreszeiten, der Wochen, von Tag und Nacht, vom ersten Hervorkommen der rosafarbenen und weinbraunen samtenen Primeln, vom kräftigen, scharfen Duft ihres Morgenkaffees, dem Geruch des Eintopfs zu Mittag, von heißen Kuchen, die für die Teezeit gebacken wurden; vom Anzünden der Lampen, dem Anzünden der Herbstfeuer, der Runde ihrer Besuche. Sie wartete mit angespanntem, erwartungsvollem Verlangen auf den Augenblick, wenn es Zeit wäre, Lizzie oder Sarah oder Connie Pennefather wieder zu besuchen.

Sie zu sehen war eine Angewohnheit, die sie nicht ablegen konnte. Aber es bereitete ihr nicht länger reines Vergnügen. Sie sagte sich, dass ihre drei Freundinnen in ihrem mittleren Alter verfielen. Lizzies spitzes Gesicht versprühte Bosheit; ihre Zunge war eine Peitschenschnur; sie verstand es, zu schlagen; der kleine Schimmer ihrer Augen, das Schnappen ihrer Nussknackerkiefer irritierten Harriett. Sarah war langsam; langsam. Sie vernachlässigte ihr Gesicht und ihre Figur. Wie Lizzie es formulierte, Sarahs Erscheinung sei ein Affront gegen ihre Zeitgenossen. „Sie lässt uns so alt fühlen."

Und Connie — allein schon das Faltenschlagen von Connies Mantel um ihre breiten Hüften herum verärgerte Harriett. Sie hatte eine Art, über ihre feisten Backen auf Harrietts alte Kleider zu starren und sie fälschlicherweise für neue zu halten und immer die gleiche leidige Sache zu sagen. „Du hast Glück, dass du dir das leisten kannst. Ich kann es *nicht*."

Harrietts Verärgerung stieg und stieg.

Und eines Tages stritt sie mit Connie.

Connie hatte eine ihrer Geschichten erzählt; ein wenig zur Seite gelehnt, ihr Kleid fest gespannt zwischen ihren dicken, auseinanderstehenden Knien, das breite Rollen ihres Lächelns schmierig gleitend. Sie sei als junge Frau ‚daraus herausgewachsen‘, und jetzt im mittleren Alter sei sie dazu zurückgekehrt. Sie sei genau wie ihr Vater.

„Connie, wie kannst du so gewöhnlich sein!"

„Verzeihung. Ich vergaß, dass du immer besser als alle anderen warst."

„Ich bin nicht besser als alle anderen. Ich bin nur besser erzogen worden als andere Leute. Mein Vater wäre lieber gestorben, als so eine Geschichte zu erzählen."

„Ich vermute, das ist ein Seitenhieb gegen meine Eltern."

„Ich habe nie etwas über deine Eltern gesagt."

„Ich kenne die Dinge, die du über meinen Vater denkst."

„Nun – ich könnte mir vorstellen, dass er Dinge über mich denkt."

„Er findet, dass du immer eine unverbesserliche alte Jungfer warst, meine Liebe."

„Fand er, dass mein Vater eine alte Jungfer war?"

„Ich habe ihn nie ein unfreundliches Wort über deinen Vater sagen hören."

„Das möchte ich auch hoffen."

„Unfreundliche Dinge wurden geäußert. Nicht von ihm. Obwohl man ihm vergeben könnte —"

„Ich weiß nicht, was du meinst. Aber alle Gläubiger meines Vaters wurden vollständig bezahlt. Das weißt du."

„Das weiß ich nicht."

„Du weißt es jetzt. War dein Vater einer von ihnen?"

„Nein. Aber es war so schlimm für ihn, als wäre er es gewesen."

„Wie kommst du darauf?"

„Nun, meine Liebe, wenn er den Rat deines Vaters nicht angenommen hätte, hätte er jetzt ein reicher statt ein armer Mann sein können. Er hat sein ganzes Geld investiert, wie er es ihm gesagt hat."

„In die Anlagen meines Vaters?"

„In Anlagen, an denen er interessiert war. Und er hat es verloren."

„Das zeigt, wie sehr er ihm vertraut haben muss."

„Er war nicht der Einzige, der durch sein Vertrauen ruiniert worden ist."

Harriett blinzelte. Ihr Geist strauchelte durch diesen Schlag. „Ich denke, du musst dich irren", sagte sie.

„Ich bin weniger geneigt, mich zu irren als du, meine Liebe, obwohl er *dein* Vater war."

Harriett setzte sich auf, gerade und steif. „Nun, dein Vater lebt, und *er* ist tot."

„Ich sehe nicht, was das damit zu tun hat."

„Nicht? Wenn es umgekehrt gewesen wäre, wäre dein Vater nicht gestorben."

Connie starrte Harriett begriffsstutzig an, weil sie es nicht verstand. Plötzlich stand sie auf und verließ sie. Sie bewegte sich ungelenk, ihre breiten Hüften bebend.

Harriett setzte sich ihren Hut auf und ging zu Lizzie und dann zu Sarah. Sie würden wissen, ob es stimmte oder nicht. Sie würden wissen, ob Mr Hancock durch eigenes Verschulden ruiniert worden war oder durch Papas.

Sarah tat es leid. Sie nahm eine Falte ihres Rockes hoch und zerknüllte sie zwischen ihren Fingern und sagte immer und immer wieder, „Sie hätte es dir nicht erzählen dürfen." Aber sie sagte nicht, dass es nicht wahr wäre. Auch Lizzie nicht, obwohl ihre Zunge eine Peitsche gegen Connie war.

„Weil du ihre schmutzigen Geschichten nicht ertragen kannst, fängt sie an, dir so etwas zu erzählen. Es zeigt, was Connie ist."

Es zeigte auch, was ihr Vater gewesen ist. Nicht klug. Nicht die ganze Zeit über klug. Mutig, immer, die Gefahr liebend, der Sicherheit gegenüber intolerant, wild hinter all seiner Ruhe und Sanftheit, immer wahnsinnigere Risiken aufnehmend, sein Spiel spielend mit einer schrecklichen kalten Rücksichtslosigkeit. Dann andere Menschen teilhaben zu lassen, Mr Hancock zu ruinieren, den kleinen Mann, über den er immer lachte. Und das hatte ihn umgebracht. Mama hatte ihm nicht leidgetan, weil er wusste, dass sie froh war über das Ende des wahnsinnigen Spiels; aber er hatte immer wieder an ihn gedacht, den kleinen, schmutzigen Mann, bis er am Nachdenken gestorben war.

XIII.

Neue Leute waren in das Haus nebenan eingezogen. Harriett sah ein hübsches Mädchen, das hinein- und hinausging. Sie hatte keinen Besuch abgestattet; sie würde keinen Besuch abstatten. Ihre Katze kam über die Gartenmauer und biss die Blätter der Iris ab. Als sie sich auf die Resedapflanzen setzte, schickte Harriett eine Nachricht durch Maggie: „Miss Frean entbietet ihre Grüße an die Dame nebenan und wäre froh, wenn sie ihre Katze zügeln würde."

Fünf Minuten später erschien das hübsche Mädchen mit der Katze auf dem Arm.

„Ich habe Mimi mitgebracht", sagte sie. „Ich möchte, dass Sie sehen, was für ein Schatz sie ist."

Mimi, eine Persianerkatze, ganz orange an der Oberseite und schneeweiß an der Unterseite, kletterte ihre Brust herauf, um flach an ihrer Schulter zu hängen, der große Federbusch ihres Schwanzes, lang, fächelte ihr zu. Sie wandte sich herum, um ihre unschuldigen Bernsteinaugen zu zeigen und den rosafarbenen Bogen ihres Mauls, der die rosafarbene Nase trug.

„Ich möchte, dass *Sie* sich meine Resedapflanze ansehen", sagte Harriett. Sie standen zusammen an dem zerdrückten Rund, wo Mimi ihr Bett eingerichtet hatte.

Das hübsche Mädchen sagte, dass es ihr leidtue. „Aber wissen Sie, wir *können* sie nicht festbinden. Ich weiß nicht, was man tun soll. … Es sei denn, Sie würden selbst eine Katze halten, dann würde es Ihnen nichts ausmachen."

„Aber", sagte Harriett, „ich mag keine Katzen."

„Oh, *warum* nicht?"

Harriett wusste, warum. Eine Katze war ein Kompromiss, ein Ersatz, ein Trick. Ihr Stolz konnte sich nicht beugen. Sie hatte Angst vor Mimi, vor ihrem bezaubernden Spiel und vor dem weichen weißen Fell ihres Bauchs. Maggies Baby. Deshalb sagte sie, „Weil sie die Beete kaputt machen. Und sie töten Vögel."

Das Kinn des hübschen Mädchens vergrub sich in Mimis Nacken. „Sie werden *keine* Steine nach ihr werfen?", sagte sie.

„Nein, ich würde ihr nicht wehtun. … Wie, sagten Sie, ist ihr Name?"

„Mimi."

Harriett wurde weich. Sie erinnerte sich. „Als ich ein kleines Mädchen war, hatte ich eine Katze, die Mimi hieß. Eine weiße Angora. Sehr schön. Und Ihr Name ist —"

„Brailsford. Ich bin Dorothy."

Das nächste Mal, als Mimi auf die Lupinen sprang und sie abknickte, kam Dorothy wieder und sagte, dass es ihr leidtue. Und sie blieb zum Tee. Harriett gab sich zu erkennen.

„Mein Vater war Hilton Frean." Sie hatte in den vergangenen fünfzehn Jahren bemerkt, dass die Menschen kein Interesse zeigten, wenn sie ihnen das sagte. Sie starrten sogar, als ob sie etwas gesagt hätte, das keinen Sinn machte. Dorothy sagte: „Wie nett."

„*Nett?*"

„Ich meine, es muss nett gewesen sein, ihn als Vater zu haben. … Es macht Ihnen doch nichts aus, dass ich letztens in Ihren Garten gekommen bin, um Mimi einzufangen?"

Harriett spürte eine plötzliche Sehnsucht nach Dorothy. Sie fand Vergnügen, Freude an ihrem Kommen. Sie wollte keinen Besuch abstatten, aber sie schickte kleine Nachrichten an Dorothy, in denen sie sie bat, zum Tee zu kommen.

Dorothy lehnte ab.

Aber jeden Abend, zur Schlafenszeit, kam sie in den Garten, um Mimi einzufangen. Durch das Fenster konnte sie sie rufen hören: „Mimi! Mimi!" Sie konnte sie sehen in ihrem weißen Kleid, wie sie umherging, innehielt, bereit, sich auf Mimi zu stürzen, wenn sie aus den Büschen flitzte. Sie dachte: „Sie geht durch meinen Garten, als wäre es ihr eigener. Aber sie wird sich nicht mit mir anfreunden. Sie ist jung und ich bin alt."

Sie ließ ein Stück Maschendraht auf die Mauer setzen, um Mimi fernzuhalten.

„Das war's dann", sagte sie. Sie konnte nie an das Mädchen denken ohne einen Stich von Traurigkeit und Zorn.

Fünfundfünfzig. Sechzig.

In ihrem zweiundsechzigsten Lebensjahr hatte Harriett ihre erste schwere Krankheit.

Es war ganz so wie bei Sarah Barmby. Sarah bekam Influenza und hielt es für eine gewöhnliche Erkältung und steckte Harriett an, die es für eine gewöhnliche Erkältung hielt und eine Lungenentzündung bekam.

Als der Schmerz vorüber war, genoss sie ihre Krankheit, den Frieden und die Ruhe dazuliegen, getragen vom Bett, die schmalen Arme herausstreckend, um sich von Maggie waschen zu lassen; die Augen zu schließen in Seeligkeit, während Maggie ihr feines graues Haar kämmte, bürstete und flocht. Es gefiel ihr, immer das gleiche Essen zur gleichen Stunde zu essen. Sie blickte auf, schwach lächelnd, wenn Maggie zur Schlafenszeit mit dem kleinen Tablett kam. „Was hast du mir *jetzt* gebracht, Maggie?"

„Benger's Food, Ma'am."

Sie wollte immer Benger's Food zur Schlafenszeit haben. Sie lebte nach Gewohnheit, nach pünktlicher Erfüllung ihrer Erwartung. Sie liebte die Besuche des Doktors um zwölf Uhr, seinen Ausdruck brütender Versunkenheit in ihren Fall, seine Konsultationen mit Maggie, den Ernst und die Unantastbarkeit, die er dem kleinsten Detail ihrer Existenz zukommen ließ.

Vor allem liebte sie Maggies Trost und Schutz, den Anblick von Maggies breitem, zärtlichem Gesicht, wenn es sich über sie beugte, das Gefühl von Maggies starken Armen, wenn sie sie stützten, den verweilenden Druck ihres festen, breiten Körpers in der sauberen weißen Schürze und Haube. Ihre Augen ruhten auf ihr mit Zuneigung; sie fand Zuflucht bei Maggie, wie sie sie bei ihrer Mutter gefunden hatte.

Eines Tages sagte sie, „Warum bist du zu mir gekommen, Maggie? Konntest du keine bessere Stellung finden?"

„Es gab viele, die mich wollten. Aber ich bin zu Ihnen gekommen, Ma'am, weil Sie mich irgendwie am meisten brauchten. Ich mag es sehr, mich um Menschen zu kümmern. Alte Damen und Kinder.

Und Herren, wenn sie alt genug sind", sagte Maggie.

„Du bist ein gutes Mädchen, Maggie."

Sie hatte es vergessen. Das Bild von Maggies Baby war tot, versteckt, tief vergraben in ihrem Geist. Sie schloss die Augen. Ihr Kopf war nach hinten geworfen, bewegungslos, ekstatisch unter Maggies wendigen Fingern, während sie ihre dünnen Haarsträhnen flochten.

Aus dem Frieden der Krankheit heraus trat sie in das Elend und lange Mühen der Rekonvaleszenz. Das erste Mal, als Maggie sie allein ließ, damit sie sich selbst anzog, weinte sie. Sie wollte nicht gesund werden. Sie konnte in der Genesung nichts anderes sehen als das Ende von Privilegien und Prestige, die Verpflichtung, zu einer Aufgabe zurückzukehren, die sie leid war, einer schwierigen und beängstigenden Aufgabe.

Im Sommer war sie wieder (zitternd) auf den Beinen.

XIV.

Sie war sich ihrer schläfrigen, trägen Abhängigkeit von Maggie bewusst. Anfangs behauptete sich ihr verwelkendes Ich durch zunehmende Reserviertheit und Arroganz. So schützte sie sich vor ihrer eigenen Zensur. Sie besaß immer noch ein Gefühl der Befriedigung an ihrer Ausschließlichkeit, ihrer Kraft, neuen Leuten keinen Besuch abzustatten.

„Ich finde", sagte Lizzie Pierce, „du hättest den Brailsfords einen Besuch abstatten können."

„Warum sollte ich? Ich hätte mit solchen Leuten nichts gemein."

„Nun, wenn man bedenkt, dass Mr Brailsford für den *Spectator* schreibt —"

Harriett stattete ihren Besuch ab. Sie zog ihr Grauseidenes an und ihren weichen weißen Mohairschal und ihren breiten schwarzen Hut, unter dem Kinn festgebunden, und machte ihre Aufwartung. Es war auf einem Samstag. Das Zimmer der Brailsfords war voller Besucher, Männer und Frauen, die sich angeregt unterhielten. Dorothy war nicht da — Dorothy war verheiratet. Mimi war nicht da — Mimi war tot.

Harriett suchte sich ihren Weg zwischen den Stühlen, mit nachlassenden Augen, aufrecht und steif in ihrem weißen Schal. Sie entschuldigte sich, dass sie sieben Jahre gebraucht habe, bis sie einen Besuch machte. ... „Geh nie irgendwo hin. ... Bin seit dem Tod meines Vaters ein rechter Einsiedler. Er war Hilton Frean."

„Ja?" Mrs Brailsfords Augen blickten liebenswürdig fragend.

„Aber da wir so enge Nachbarn sind, fand ich, dass ich meine Regel brechen müsse."

Mrs Brailsford lächelte mit vager Freundlichkeit, und doch als ob sie glaubte, dass Miss Freans Gefühl und Handeln unnötig seien. Nach sieben Jahren. Und augenblicklich fand sich Harriett allein in ihrer Ecke.

Sie versuchte sich mit Mr Brailsford zu unterhalten, als er ihr Tee, Brot und Butter reichte. „Mein Vater", sagte sie, „war dem *Spectator* viele Jahre verbunden. Er war Hilton Frean."

„Tatsächlich? Ich fürchte ich — kann mich nicht erinnern."

Sie konnte nichts aus ihm herausholen, aus seinem schmalen, ironischen Gesicht, seine Augen hinter seiner Brille zusammengekniffen, wohlwollend, über sie amüsiert. Sie war ein Niemand in diesem Raum voller interessierter, intellektueller Leute; ein Niemand; nichts außer einer unnötigen kleinen alten Dame, die uneingeladen gekommen war.

Ihr zweiter Besuch wurde nicht erwidert. Sie hörte, dass die Brailsfords exklusiv seien; sie kannten niemanden jenseits ihres Kreises. Harriett erklärte ihre Position so: „Nein. Ich habe das nicht aufrechterhalten. Wir haben nichts gemein."

Sie war alt — alt. Sie hatte nichts gemein mit der Jugend, nichts gemein mit dem mittleren Alter, mit intellektuellen, exklusiven Leuten, die Verbindung zum *Spectator* hatten. Sie sagte, „*The Spectator* ist nicht, was er zu Zeiten meines Vaters war."

Harriett Frean war nicht mehr, wie sie einmal war. Sie war sich der kriechenden Ruhelosigkeit bewusst, der Gifte und Behinderungen des Verfalls. Es war, als hätte sie sich von ihrem eigenen leichten, elastischen Körper getrennt und in den von jemand anderen gewechselt, der ganz aus Knochen, schwer und steif, bestand, ohne Reaktion auf ihren Willen. Ihr Verstand fühlte sich aufgedunsen und empfindlich an, sie hatte ein Gefühl von Müdigkeit in ihrem Gesicht, von Unfestigkeit um ihren Mund. Ihr Spiegel zeigte ihr die sackende gelbe Haut, die gefurchten Linien des Alters.

Ihr Kopf nickte schläfrig, zerfahren, über den wöchentlichen Abrechnungen ein. Sie gab sogar den Anschein einer Haushaltung auf und wurde auf Dauer von Maggie abhängig. Sie war froh über die Rückgabe ihrer Verantwortung, ihres erwachsenen Ichs, das sie mit so viel Anstrengung aufrechterhalten hatte, sich an Maggie klammernd, sich Maggie beugend, so wie sie sich an ihre Mutter geklammert und sich ihr gebeugt hatte.

Ihre Zuneigung konzentrierte sich auf zwei Objekte: das Haus und Maggie, Maggie und das Haus. Das Haus war ein Teil von ihr geworden, eine Erweiterung ihres Körpers, eine schützende Hülle. Sie fühlte sich unwohl, wenn sie von ihm weg war. Der Gedanke daran erfüllte sie mit Leidenschaft: die niedrige braune Mauer mit dem Zaun, der gepflasterte Weg vom kleinen grünen Tor zur Haustür. Die breite braune Front; die zwei länglichen, weißgerahmten Fenster, der dunkelgrüne Spaliervorbau dazwischen; die drei Fenster darüber. Und der kurz geschnittene Ligusterbusch am Gitter und der Maibaum an der Pforte.

Es erfreute sie nicht länger, ihre Freundinnen zu besuchen. Sie machte sich mit mürrischer Resignation auf den Weg, wenn sie ihr Haus verließ, und wenn sie eine Stunde bei Lizzie oder

Sarah oder Connie verbracht hatte, wurde sie unruhig, unglücklich, bis sie wieder zurückkehrte, zum Haus und zu Maggie.

Sie war froh darüber, wenn Lizzie zu ihr kam; sie mochte Lizzie immer noch am meisten. Sie saßen zusammen, jede auf einer Seite des Kamins, und unterhielten sich. Harrietts Stimme kam schwach durch ihre schmalen Lippen, präzise, doch klagend, Lizzies schloss stets mit einem Klappen der eingezogenen Kiefer ab.

„Erinnerst du dich an diese kleinen runden Hüte, die wir immer trugen? Du hattest genau den gleichen wie ich. Connie wollte sie nicht tragen."

„Wir waren wilde junge Dinger", sagte Lizzie.

„Ich war wilder als du. … Ein kleines wagemutiges Ding."

„Und sieh uns jetzt an — wir könnten keine Gans erschrecken. … Nun, wir sollten dankbar sein, dass wir nicht so breit geworden sind wie Connie Pennefather."

„Oder wie die arme Sarah. Dieser Buckel."

Sie machten sich gerade. Ihre geraden, schmalen Schultern tadelten Connies Korpulenz und Sarahs gekrümmten Rücken, ihr Mieder höckerartig hervorgestreckt aus den hervorstehenden Rippen ihrer Korsettstäbe.

Harriett war froh, wenn Lizzie ging und sie Maggie und dem Haus überließ. Sie hoffte immer, dass sie nicht zum Tee bleiben würde, damit Maggie nicht zusätzliche Tassen und Teller abwaschen musste.

Die Jahre vergingen: das dreiundsechzigste, das vierundsechzigste, fünfundsechzigste; ihre Monotonie gemildert durch lange Perioden der Trägheit und der schieren Geschwindigkeit der Zeit. Ihr Geist wurde weitergetragen, leer, in leerer, fliegender Zeit. Sie hatte ein Gefühl der Vertrocknung und Spannung in ihrem ganzen Sein und eine Art Knirschen in ihrem Gehirn, das sie zu Gähnanfällen reizte. Nach den Mahlzeiten, in ihrem Lehnstuhl sitzend, fiel ihr das Buch aus den Händen, und ihr Geist glitt von Trägheit in Benommenheit. Es lag etwas Verlockendes am Anfang dieses Zustands; sie gab sich ihm hin mit dem Vergnügen und der Zufriedenheit eines Tieres.

Manchmal, für lange Phasen, ging ihr Geist rückwärts, zurückkehrend, immer zurückkehrend in das Haus in der Black's Lane. Sie sah die Reihe von Ulmen und die weiße Mauer am Ende des grünen Balkons, der wie ein Vogelkäfig über der grünen Tür heraushing. Sie sah sich selbst, ein Mädchen, das einen großen Haarknoten trug und einen kleinen runden Hut oder in dem geschwungenen

Stuhl saß, mit den Füßen auf dem weißen Kaminvorleger; und ihren Vater, schlank und gerade, halb amüsiert lächelnd, während ihre Mutter ihnen laut vorlas. Oder sie war ein Kind in schwarzer Seidenschürze, das die Black's Lane entlangging. Ein kleines, wagemutiges Ding. Sie hegte Zuneigung und Bewunderung für dieses Kind und seinen Wagemut. Und immer sah sie ihre Mutter mit ihrem lieblichen Gesicht zwischen den lang hängenden Locken, wie sie den Gartenweg herunterkam, in einem weiten silbergrauen Kleid, besetzt mit schmalen schwarzen Samtborten. Und sie wachte auf, überrascht, sich in einem fremden Zimmer sitzend wiederzufinden, angezogen in einem Kleid mit merkwürdigen Ärmeln, die an alten faltigen Händen endeten; denn das Buch, das in ihrem Schoß lag, war Longfellow, geöffnet bei *Evangeline*.

Eines Tages ließ sie Maggie die alten, ausgewaschenen Cretonnebezüge abziehen, die den verblassten blauen Rips freilegten. Sie war zurück im Salon ihrer Jugendzeit. Nur eines fehlte. Sie ging nach oben und nahm das blaue Ei aus dem Gästezimmer und stellte es auf seinen Platz auf den Tisch mit der Marmorplatte. Sie saß da und blickte es lange an mit glücklicher, kindlicher Genugtuung. Das blaue Ei verlieh ihrer Rückkehr Wirklichkeit.

Als sie Maggie mit dem Teetablett und gebutterten Scones hereinkommen sah, dachte sie an ihre Mutter.

Drei weitere Jahre. Harriett war achtundsechzig.

Sie hatte eine dunkle Erinnerung daran, Maggie gekündigt zu haben, vor langer Zeit, dort im Esszimmer. Maggie hatte auf dem Kaminvorleger gestanden, in ihrer breiten weißen Schürze, und geweint. Sie weinte jetzt.

Sie sagte, sie müsse gehen und sich um ihre Mutter kümmern. „Mutter wird sehr gebrechlich."

„Ich werde auch sehr gebrechlich, Maggie. Es ist grausam und lieblos von dir, mich zu verlassen."

„Es tut mir leid, Ma'am. Ich kann es nicht ändern."

Sie ging im Zimmer umher, schniefend und schluchzend, während sie staubwischte. Harriett konnte es nicht mehr ertragen. „Wenn du dich nicht beherrschen kannst", sagte sie, „geh in die Küche."

Maggie ging.

Harriett saß vor dem Feuer in ihrem Sessel, aufrecht und steif, ohne ein Geräusch zu machen. Dann und wann zuckten ihre Augenlider, unruhige rote Ränder; langsame, spärliche Tränen strömten und fielen, ihre Spur glitzernd in den langen Furchen ihrer Wangen.

XV.

Die Tür des Hauses vom Spezialisten hatte sich hinter ihnen mit einem leisen, respektvollen Klick geschlossen.

Lizzie Pierce und Harriett saßen im Taxi, hielten einander die Hand. Harriett sprach.

„Er sagt, ich habe, was Mama hatte."

Lizzie blinzelte ihre Tränen weg; ihre Hand löste sich von und umschloss Harrietts mit einem nervösen Griff.

Harriett fühlte nichts außer einer merkwürdigen, feierlichen Erregung und Begeisterung. Sie wurde mit Schmerz zum hohen Ansehen ihrer Mutter erhoben. Mit jedem Stich würde sie wieder in ihrer Mutter leben. Sie hatte, was ihre Mutter hatte.

Allerdings würde sie operiert werden. Diese Abweichung war das, was sie fürchtete, die Sache, die ihre Mutter nicht gehabt hatte, und das Fortgehen in ein Krankenhaus, um entblößt mit anderen Menschen im Krankensaal zu leben. Das war es, was ihr am meisten ausmachte. Das und das Haus zu verlassen, und das Weggehen Maggies.

Sie weinte, als sie Maggie in ihrer weißen Schürze an der Pforte stehen sah, während das Taxi sie fortbrachte. Sie dachte, „Wenn ich wieder zurückkomme, wird sie nicht da sein." Doch irgendwie meinte sie, dass das nicht passieren könne; es war unmöglich, dass sie zurückkäme und Maggie nicht vorfinden würde.

Sie lag in ihrem weißen Bett in der Zelle mit den weißen Vorhängen. Lizzie bezahlte die Zelle. Gute Lizzie. Gut. Gut.

Sie hatte keine Angst vor der Operation. Sie würde am Morgen sein. Nur eines beunruhigte sie. Etwas, das ihr Connie erzählt hatte. Unter der Narkose sagte man Sachen. Schockierende, unanständige Dinge. Aber es gab nichts, was sie sagen könnte. Sie kannte nichts. ... Doch. Tat sie. Da gab es Connies Geschichten. Und Black's Lane. Hinter dem schmutzigen blauen Lattenzaun in Black's Lane.

Die Schwestern trösteten sie. Sie sagten, wenn man den Mund fest zumachte, bis zur letzten Minute vor der Operation, wenn man kein Wort sagte, wäre alles in Ordnung.

Sie dachte darüber nach, als sie am Morgen aufwachte. Für eine ganze Stunde vor der Operation weigerte sie sich, zu sprechen, nickte und schüttelte ihren Kopf, kommunizierte durch Gesten. Sie ging den breiten Korridor des Krankenzimmers entlang auf dem Weg zum Operationssaal, sehr aufrecht in ihrem weißen

Flanellmorgenrock, mit dem Kinn hochgereckt und einem Ausdruck von Begeisterung in ihrem Gesicht. Konvaleszenten waren im Korridor. Sie sahen sie. Die Vorhänge einiger Zellen waren geöffnet; die Patienten sahen sie; sie wussten, was sie tun würde. Ihre Begeisterung stieg.

Sie kam in den Operationssaal. Es war alles weiß. Weiß. Weiße Fliesen. Reihen von kleinen, schmalen Messern auf einem Glasbord, unter Glas, glänzend. Ein weißes Spülbecken in der Ecke. Ein Geruchsgemisch aus Jod und Ether. Der Chirurg trug einen weißen Kittel. Harriett presste ihre festen Lippen noch fester.

Sie stieg auf den weiß emaillierten Tisch und legte sich hin, ihren Morgenrock gerade über die Knie ziehend. Sie hatte nicht ein Wort gesagt.

.   .   .   .   .

Sie hatte sich fein verhalten.

Der Schmerz in ihrem Körper kam auf, Welle auf Welle, brennend. Er schwoll an, ihr wundes Fleisch zusammenziehend, streckend.

Sie wusste, dass der kleine Mann, den sie Doktor nannten, eigentlich Mr Hancock war. Sie hätten ihn nicht reinlassen dürfen. Sie rief aus, „Bringen Sie ihn fort. Lassen Sie ihn mich nicht anfassen", aber niemand nahm Notiz.

„Es ist nicht richtig", sagte sie. „Er dürfte es nicht tun. Bei *keiner* Frau. Wenn es bekannt wäre, würde er bestraft werden."

Und da war Maggie am Vorhang und weinte.

„Das ist Maggie. Sie weint, weil sie denkt, dass ich ihr Baby umgebracht habe."

Der Eisbeutel, der auf ihrem Körper lag, rührte sich wie ein lebendiges Wesen, da das Eis schmolz, dann legte er sich und war ruhig. Sie ließ ihre Hand sinken und fühlte die glatte, kalte Ölhaut, die mit Wasser aufgebläht war.

„Da liegt ein totes Baby im Bett. Rotes Haar. Sie hätten es fortbringen sollen", sagte sie. „Maggie hatte einmal ein Baby. Sie hat es die Gasse hinaufgebracht, dorthin, wo der Mann ist; und sie legten es hinter den Lattenzaun. Den schmutzigen blauen Lattenzaun.

… Pussycat, Pussycat what did you there? Kätzchen. Prissie. Prissiekätzchen. Arme Prissie. Sie geht nie zu Bett. Sie kann nicht vom Sessel aufstehen."

Eine Gestalt in Weiß mit einer steifen weißen Haube stand am Bett. Sie gab ihr eine Bezeichnung, merkte sie sich im Kopf. Schwester. Schwester – das war sie. Sie sprach sie an.

„Es ist traurig – traurig, so viel Schmerz durchmachen zu müssen und dann ein totes Baby zu bekommen."

Die weißen Vorhangwände der Bettstelle zogen sich zusammen, umschlossen sie. Sie lag auf dem Grund ihres Kinderbettchens mit den weißen Vorhängen. Sie fühlte sich schwach und vermindert, klein, wie ein sehr kleines Kind.

Die vorderen Vorhänge gingen auseinander und zeigten das helle Licht des Korridors dahinter. Sie sah, wie sich die Kinderzimmertür öffnete, und das Licht der Kerze, das sich über die Decke bewegte. Die Lücke wurde ausgefüllt von der breiten Form, dem obszönen, doch trauervollen Gesicht Connie Pennefathers.

Harriett betrachtete es. Sie lächelte mit plötzlichem ekstatischem Staunen und Erkennen.

„Mama —"

Nachwort

May Sinclair war eine außergewöhnlich produktive und vielseitige Schriftstellerin. Ihr Gesamtwerk erstreckt sich über gut drei Jahrzehnte und spiegelt die verschiedenen literarischen Strömungen jener Zeit wider, die sie in Gedichten, Short Storys, Romanen und Essays sowie Abhandlungen über philosophische und psychoanalytische Theorien verarbeitete. Literaturgeschichtlich etablierte sie sich vor allem als markante Vertreterin des psychologischen und experimentellen Romans, dem sie mit *The Three Sisters* (1914), *Mary Olivier: A Life* (1919) und *Life and Death of Harriett Frean* (1922) als Genre einen besonderen Impuls gab. Mit den Theorien Sigmund Freuds und William James' bestens vertraut und maßgeblich an der Gründung der Medico-Psychological Clinic in London beteiligt, führte sie 1918 mit einer Rezension über Dorothy Richardsons Romanwerk *Pilgrimage* die Bezeichnung „stream-of-consciousness novel" ein, die die Bewusstseinsstrom-Technik als erzählerisches Mittel verarbeitet und in Virginia Woolf, James Joyce und Marcel Proust ihre bekanntesten Vertreter finden sollte. Und doch war es May Sinclair, die nicht nur die Terminologie der Literaturtheorie bedeutend erweiterte, sondern dem psychologischen Roman zeitlich noch vor ihren berühmten Kollegen eine neue Prägung verlieh.

Am 24. August 1863 unter dem Namen Mary Amelia St. Clair Sinclair in Rock Ferry, Cheshire, geboren, wuchs sie mit vier älteren Brüdern zunächst in großbürgerlichen Verhältnissen auf, bis das Handelsunternehmen ihres Vaters, William Sinclair, im Verlauf der 1870er Jahre in Schwierigkeiten geriet und schließlich bankrott ging. Die Familie brach auseinander, und während Mary Sinclair mit ihrer tief religiösen Mutter und ihrem gesundheitlich angegriffenen Vater zu Verwandten nach Ilford, Essex, später nach Fairfield in Gloucestershire zog, gingen ihre Brüder eigene Wege, obwohl Mary Kontakt zu ihnen hielt und sie während langer Krankheitsphasen pflegte. 1881 verstirbt William Sinclair an den Folgen einer Alkoholsucht.

Erfolgte ihre Schulbildung zunächst vorwiegend autodidaktisch mithilfe der umfangreichen Bibliothek ihres Vaters – ähnlich erlebte später auch Virginia Woolf ihre Erziehung, ein Los, das typisch war für Mädchen des gehobenen Mittelstandes –, erhielt Sinclair schließlich im Alter von gut 18 Jahren die Möglichkeit einer offiziellen Ausbildung durch den Besuch des Cheltenham Ladies' College, einer der renommiertesten Ausbildungsstätten für Mädchen. Dort fiel Sinclairs ungewöhnliche Belesenheit der Direktorin Dorothea Beale auf, die als progressive Pädagogin die gleichen Ausbildungsmöglichkeiten für Jungen und Mädchen anstrebte und Mary Sinclair in ihrer

Wissbegierde und schriftstellerischen Begabung förderte. Erste Arbeiten wurden im College Magazin veröffentlicht und trafen auch jenseits der Lehranstalt auf reges Interesse. Obwohl der Aufenthalt im College nur gut ein Jahr andauerte, legte die Ausbildung den Grundstein für Sinclairs späteren Lebensweg als angesehene Autorin. Durch Dorothea Beale wurde Sinclair auch mit den philosophischen Theorien des Idealismus bekannt, denen sie 1917 und 1922 zwei Abhandlungen widmen sollte. Die Rückkehr in den Haushalt der Mutter, die die intellektuellen Neigungen ihrer Tochter Mary missbilligte, ließ der weiteren schriftstellerischen Entfaltung wenig Raum. Diese angespannte Lebenssituation wird Sinclair später in ihrem Roman *Mary Olivier: A Life* verarbeiten. Zunächst verdiente sie sich ihren Lebensunterhalt mit Übersetzungen, u. a. aus dem Deutschen. Gegen alle häuslichen Widerstände veröffentlichte sie unter dem Pseudonym Julian Sinclair 1887 einen Gedichtband und 1892 einen Essay-Band. Beide Publikationen trafen nur auf mäßiges Interesse. Mit dem Roman *Audrey Craven* gelang Sinclair, die nun unter dem Namen ‚May Sinclair' veröffentlichte, 1897 der erste größere Erfolg. Nach dem Tod der Mutter am 27. Februar 1901 und mit zunehmender finanzieller Unabhängigkeit entwickelte sich May Sinclair zu einer vielstimmigen und angesehenen Autorin, etablierte sich als gesuchte Literatur-kritikerin und als feste Größe in jungen

Modernistenkreisen. Als einflussreiche Schrift-stellerin förderte sie aufstrebende Künstler wie Ezra Pound und T. S. Eliot, Rosamond Lehmann und Rebecca West, pflegte jedoch auch Freund-schaften mit Literaturgrößen wie Arnold Bennett, Hugh Walpole und John Galsworthy, besonders jedoch mit Thomas Hardy, den sie verehrte und mit dem sie Fahrradtouren durch Dorsetshire unternahm. Sie engagierte sich zudem in der Frauenbewegung, trat der nichtmilitanten Women Writers Suffrage League bei und wurde Teil eines engen Schriftstellernetzwerks über die Society of Authors. Ihr Roman *The Divine Fire* von 1904, der sich als Künstlerroman mit psychoanalytischer Ausrichtung versteht, traf sowohl in Groß-britannien wie auch in den USA auf Begeisterung, die den Schriftsteller Jack London zu einem überschwänglichen Leserbrief veranlasste. Als Folge ihrer zunehmenden Popularität auch jenseits des Atlantiks reiste sie im Herbst 1905 nach Amerika, wo sie einer Einladung ins Weiße Haus folgte und, als besonderes Erlebnis, mit Präsident Theodore Roosevelt einen Ausflug im Automobil unternahm.

May Sinclair, die nach ihrer Rückkehr aus den USA zunächst in Hampstead und dann in London allein und ohne Hilfe von Angestellten ihren Haushalt führte, legte außerordentlichen Wert auf Unabhängigkeit, nicht nur im geistigen Sinne. Obwohl sie ein äußerst aktives Leben führte,

Gesellschaften gab, einer Vielzahl von Einladungen folgte und intensive Freundschaften schloss, lehnte sie eine Ehe ab. Mit über zwanzig Romanen, die häufig als Fortsetzungen in einschlägigen Literaturzeitschriften erschienen, sowie zahlreichen Short Storys und ‚Ghost Stories‘, die eine immer größer werdende Begeisterung für das Übersinnliche und für parapsychologische Verfahren befriedigten, erlangte May Sinclair nicht nur künstlerisches Ansehen, sondern auch ein wirtschaftliches Fundament, das es ihr ermöglichte, sich aus dem spätviktorianischen Reglement, das auch noch die erste Dekade des 20. Jahrhunderts prägte, zu lösen und in erzählerischer Hinsicht neue Wege zu beschreiten. Waren ihre Romanwerke zwischen 1897 und 1910 noch deutlich von Ansätzen des philosophischen Idealismus geprägt und auch vom Seitenumfang her von gestalterischer Opulenz, konzentrierte sich May Sinclair in ihren späteren Romanen auf das Innenleben ihrer Charaktere und auf Erkenntnisse und Theorien der Psychoanalyse, die in England durch Sigmund Freud, Carl G. Jung und William James, Bruder des Romanciers Henry James, auf steigendes Interesse trafen.

Mit Ausbruch des 1. Weltkriegs schloss sich May Sinclair im September 1914 einer Einheit für das Rote Kreuz in Belgien an, die von einem leitenden Arzt der Medico-Psychological Clinic zusammengestellt und in Brügge, Gent und Ostende tätig wurde. Nach 17 Tagen kehrte Sinclair nach England zurück. Ihre Kriegseindrücke schilderte sie 1915 in *A Journal of Impressions in Belgium*, in einer Reihe von Magazinartikeln und politisch motivierten Pamphleten sowie in den Romanen *Tasker Jevons* (1916), *The Tree of Heaven* (1917) und *The Romantic* (1920). Ungeachtet der Kriegsereignisse führte May Sinclair, die mittlerweile in St. John's Wood in London wohnte, das Leben einer Gentlewoman, folgte einem präzisen Tagesablauf in einem gepflegt intellektuellen Ambiente und gab regelmäßig monatliche Teegesellschaften, zu denen Rose Macaulay, Rebecca West, G. B. Stern, Dorothy Richardson sowie John Galsworthy, Hugh Walpole und Ezra Pound erschienen. 1919 wurde Florence Bartrop ihre Gesellschafterin und Haushälterin und blieb in dieser Vertrauensstellung bis zum Tod der Autorin. Ende der 1920er Jahre – Sinclair war nun nach Bierton in Buckinghamshire gezogen – zeigten sich erste Symptome der Parkinsonkrankheit, und May Sinclair zog sich vom gesellschaftlichen Leben zurück. Sie verstirbt am 14. November 1946. Nach dem Tod der Autorin geriet ihr vielseitiges Werk zunächst zunehmend in Vergessenheit, was nicht zuletzt auch dem Schwinden der beliebten Leihbüchereien zuzuschreiben war. 1972 veröffentlichte der amerikanische Literaturwissenschaftler Theophilus Boll eine erste umfangreiche Würdigung von Leben und Schaffen May Sinclairs, weitere, meist feministisch geprägte Studien wie

May Sinclair: A Modern Victorian von Suzanne Raitt folgten. 2013 wurde die May Sinclair Society gegründet, die sich zur Aufgabe macht, das Gesamtwerk der Autorin, und dies gilt besonders auch für die philosophischen Schriften und für die Arbeiten zur Psychoanalyse, mit Neuausgaben und Vortragsreihen zu pflegen und einer neuen Generation von Wissenschaftlern und Lesern zugänglich zu machen.

Zu Lebzeiten reagierte May Sinclair, die selbst als Literaturrezensentin tätig war und der jüngeren Schriftstellergeneration den Weg ebnete, auf Kritik an ihren eigenen Werken durchaus sensibel und rechtfertigte hartnäckig alle Gestaltungsdetails. Dies galt auch für *Life and Death of Harriett Frean*. Zunächst von Dezember 1920 bis März 1921 in Fortsetzungen im *North American Review* veröffentlicht, erschien der Roman schließlich als Buch 1922, im selben Jahr, in dem James Joyces Monumentalwerk *Ulysses* in der Literaturwelt für Aufsehen sorgte.

Während Joyce auf rund tausend Seiten 24 Stunden aus dem Leben seines Helden Leopold Bloom beschreibt, entwirft May Sinclair auf wenig mehr als hundert Seiten ein vollständiges Lebensbildnis von der Wiege bis zum Tod. Mit präzisen Alters- und Jahresangaben die Zeit von 1844 bis 1912 erfassend, streng chronologisch gehalten, beinahe jeglichen historischen Kontext ausblendend, gibt Sinclair Einblick in verschiedene

Lebensphasen und Erfahrungsprozesse ihrer Protagonistin. Die Gedankenwelt der Titelfigur, Erinnerungen an bestimmte Begebenheiten, die mitunter in ein fragmentarisches Erzählen und in zeitliche Brechungen verfallen und an ein filmisches Auf- und Abblenden denken lassen, was nicht zuletzt durch die eigenwillige Formatierung mit doppelten Absätzen, isolierten Einzelsätzen und Gedankenstrichen betont wird, führen den Leser dicht an die Erlebniswelt Harriett Freans heran. Harrietts Lebensweg wird maßgeblich durch die Kindheit und das soziale Umfeld geprägt. Bereits der Romanauftakt, der mit einem alten Kinderreim durchaus ungewöhnlich gestaltet ist, lässt deutlich werden, dass Harrietts Eltern ein bestimmtes Verhalten erwarten, Impulsivität als irritierend empfinden und das Abweichen von der Sittsamkeit ausbremsen. Und so gestaltet sich der folgende Lebensgang mit den frühen Kinderjahren, dem Backfischalter und der emotionalen Verstrickung mit Rupert Lethbridge, dem Verlust der Eltern und dem körperlichen wie geistigen Verfall in gänzlich unaufgeregten Schritten, unterlegt von einer Monotonie, die die dumpfe Lebensperspektive für unverheiratete Frauen des viktorianischen Zeitalters hervorhebt. Mit der recht nüchternen Erzählweise, die sich auf wenige Handlungsdetails beschränkt, jedoch gelegentlich eine Erzählerfigur mit ironischem Blick das Leben der Freans betrachten lässt, macht May Sinclair zugleich deutlich, wie konsequent die viktorianische Gesellschaft ihren eigenen Untergang betrieben hat. Nicht ohne sozialkritische Seitenhiebe lässt Sinclair Harrietts Vater mit Vorliebe Werke von Herbert Spencer, Thomas Huxley und Meredith Jones lesen, die als „gefährliche Bücher" über kühne Theorien gesehen werden. Vor allem Spencers Sozial-darwinismus bleibt für Harriett selbst eine vollkommen unzugängliche Ideenwelt, und so scheitert sie an der Lektüre. Später wird ihr Vater durch seine riskanten Börsenspekulationen den eigenen wirtschaftlichen Niedergang wie auch den der Familie Hancock herbeiführen und daran zerbrechen. Während die männlichen Charaktere Opfer ihrer Hybris werden, unterliegen die Titelfigur und auch ihre Mutter einer Krebs-erkrankung als Endpunkt eines durchweg sterilen Lebens der Selbstentsagung. Bezeichnenderweise bleiben die Ehen der Freundinnen Harrietts kinderlos. Harriett selbst formuliert lediglich als „Puppenmutter" den Anspruch, eine bestimmte Rolle zu erfüllen. Die authentisch erscheinende Ida, die Harriett schließlich im Kleiderschrank „begräbt", und die nach Kunststoff riechende Emily, der Harriett keine Zuneigung entgegen-bringen kann, bilden einen Zerrspiegel zum Bild des Säuglings, der nicht lebensfähig ist: Maggies Kind verstirbt durch Nachlässigkeit der Pflege-mutter, Prissie erleidet eine Totgeburt. Allein die Hausangestellte Maggie, mit der Sinclair auf die naturalistische Erzählweise zurückgreift, bringt einen drallen Säugling hervor, der für Harriett in seiner sinnlichen Ausstrahlung wie in seiner Bedeutung als Resultat eines Sexualaktes einer ledigen Frau zur Provokation wird. Mit einer wohlkalkulierten dramaturgischen Geste bleibt Maggie als lebenstüchtige und empathievolle Figur in Erinnerung, als eine Frau, die jenseits der Konventionen (über-) lebt.

Leben und Tod der Harriett Frean besticht nicht nur durch eine ungewöhnlich reduzierte äußere Handlung zugunsten der inneren Vorgänge der Hauptfigur, sondern ist auch durchzogen von einem deutlichen sexualtheoretischen Subtext, der mit nicht selten plakativen Symbolen und Metaphern arbeitet, die in den verschiedenen Lebensphasen der Hauptfigur immer wieder auftauchen und schließlich in den letzten Lebensmomenten Harrietts eine schmerzliche Überhöhung finden. Der grüne Balkon, der „wie ein Vogelkäfig über der grünen Haustür heraushängt", wird gleichsam zum Sinnbild für die Abgeschlossenheit und Unfreiheit des weiblichen Alltags, der sich im Haushalt der Freans über die Jahre hinweg etabliert. Der Balkon ist das schöne Dekor mit fragwürdigem Nutzen und findet im Haus eine Entsprechung in dem blauen Schmuckei, das Harriett zunächst bewundert, dann als anmaßenden Kitsch ins Gästezimmer verbannt und nach dem Tod der Mutter wieder hervorholt. Das

Ei wird zum Ausdruck unerfüllter Sexualität und einer unterdrückten Libido. Es verwahrt als Nähkästchen Nadeln, Schere und Ösentecher – ein Symbol der Fruchtbarkeit mit quasi zerstörerischem, zerschneidendem Inhalt. Obwohl May Sinclair den klinischen Befund von Mrs Frean und Harriett nicht beim Namen nennt und damit noch einmal die Tabuisierung weiblicher Sexualität in der viktorianischen wie auch in der edwardianischen Epoche deutlich macht, lässt die Autorin keinen Zweifel daran, dass beide Frauen an Gebärmutterkrebs versterben. Sinclair greift hier auch ein Stück Medizingeschichte auf, denn tatsächlich überlebten bis in die 1920er Jahre hinein nur wenige Frauen eine Hysterektomie. Die Erkenntnis, dass sie die gleiche Krankheit durchlebt wie einst ihre Mutter, erfüllt Harriett jedoch nicht mit Angst, sondern mit Stolz, weil sie darin einen ausdrücklichen Beweis ihrer moralischen Untadeligkeit sieht. Spätestens mit dieser Haltung lässt Sinclair ihre Hauptfigur gänzlich zu einem psychopathologischen Fall werden, zu einer Frau, der es nie gelungen ist, ein eigenes Selbstverständnis zu entwickeln, und die sich vollkommen über das Dasein ihrer Eltern definiert, das sich im Nachhinein allerdings als tönerne Fassade erweist.

Die Tabuisierung von Körperlichkeit und Begehren, die im Schicksal von Priscilla Heaven und ihrer Hysterieerkrankung als Reaktion auf eine unerfüllte Liebe eine weitere Aufbereitung erlebt, findet sich auch im Umgang mit den roten Lichtnelken wieder, die zusammen mit dem Wiesenkerbel in der Black's Lane wachsen, in der Harriett nicht alleine spazieren gehen soll. Die Gasse gilt als verbotener Ort. Jahre später erfährt Harriett von dem Unheil, das einem Mädchen in der Black's Lane widerfahren ist, in der ein unheimlicher Mann in einem verwahrlosten Haus hinter einem verwitterten blauen Lattenzaun lebt und moralische Abgründigkeit verkörpert. Und just an diesem Ort befindet sich etwas Begehrenswertes in Gestalt der Lichtnelken. Harriett pflückt einen Strauß für die Mutter, die ihn verängstigt entgegennimmt, aber eben auch sinnlich mit den Fingern begutachtet – bezeichnenderweise gilt die Lichtnelke in der Heilkunde als Hilfsmittel bei Vergiftungen durch Schlangenbisse und stellt so symbolisch die Verbindung zur Schöpfungsgeschichte und zum Sündenfall dar. Während Roger Lethbridges Liebesgeständnis fällt Harriett ein Strauß roter Lichtnelken aus der Hand. Nicht ohne Grund ist die Beschreibung der männlichen Figuren, und hier vor allem des Vaters und des Verlobten der besten Freundin Prissie, geprägt von intensiven visuellen und auch olfaktorischen Details, die vermitteln, dass Harriett ihr männliches Gegenüber mit den Augen regelrecht abtastet. In der Wahrnehmung ihrer Freundinnen und auch der Mutter fallen die Einzelheiten oberflächlicher aus.

Auch darin verdeutlicht Sinclair die Sensibilisierung für das andere Geschlecht, der sich Harriett Frean nicht zu stellen wagt. Konsequent versucht sie das Sinnlich-Gefühlige (wie z. B. die weiche Haut von Maggies Baby und das weiße weiche Fell der Persianerkatze der Nachbarin) auszublenden und sich mit dem Anspruch auf Exklusivität selbst moralisch zu überhöhen. Der zunehmende Sozialdünkel wird sich nach dem Tod der Eltern als fataler Selbstbetrug erweisen, der sie letztlich in die Isolation treibt und sie den Sprung in ein neues Jahrhundert und in ein neues Zeitalter nicht vollziehen lässt. Und so wird das Gespräch mit der jungen Mona Floyd, die sich für den geliebten Freund und gegen die Treue für ihre beste Freundin entscheidet, zu einer Konfrontation mit der eigenen fehlgeleiteten Lebensphilosophie und zu einer Zäsur in der Selbstwertschätzung der Harriett Frean. Zugleich wird sie zu einem „Schuldopfer" stilisiert. Denn ist tatsächlich ausschließlich sie die Verantwortliche für das Schicksal von Roger Lethbridge und Priscilla Heaven?

Der Schriftsteller Frank Swinnerton bezeichnet den Roman in seiner Epochenbetrachtung *The Georgian Literary Scene* als Werk, das fast einer medizinischen Studie gleichkommt. Zweifellos ließ Sinclair nicht nur autobiografische Details, sondern auch Befunde aus Fallstudien der Medico-Psychological Clinic einfließen. Und doch erweist sich der Roman ungeachtet aller erzählerischen Reduziertheit als überaus gefällige Lektüre. Dies gelingt Sinclair zum einen durch den außergewöhnlichen Einblick in die Lebens- und Gedankenwelten der Hauptfigur, die auch sprachlich mit Harriett Frean reifen, zum anderen durch die Vollständigkeit der Biografie. Der Leser kennt Harriett sozusagen von Kindesbeinen an und wird Zeuge ihres Lebensweges, auf dem es zu Momenten kommt, die in ihrer psychologischen Wirkung eine besondere Zeitlosigkeit besitzen und auch heute noch nachvollziehbar sind. So zum Beispiel der Augenblick höchster Verlegenheit während des Kinderfestes, als Harriett unterstellt wird, allzu gierig gegessen zu haben. Ein falscher Verdacht, der zu tiefer Beschämung führt. Zugleich macht May Sinclair mit diesen „Lebensausschnitten" konsequent auf die Absurdität des viktorianischen Verhaltenskodexes aufmerksam, der im Hinblick auf die Entwicklungsmöglichkeiten von Frauen einer Zwangsjacke gleichkam.

In einem Interview mit Willis Steell, Autor und Redakteur des *New York Herald*, erklärte May Sinclair, dass sie *Leben und Tod der Harriett Frean* für das beste Buch ihrer bisherigen Karriere hielt. In seiner dramaturgischen Intensität und in seinem experimentell-psychologischen Anspruch überzeugt der Roman auch heute noch und bewegt in seiner Kompromisslosigkeit und in

seiner moralisch-ethischen Vielschichtigkeit den
Leser über das Ende hinaus.

Meike E. Fritz ist promovierte Literaturwissen-schaftlerin und arbeitet als Lektorin und Übersetzerin. In der Reihe *Anglophilia – die besondere Bibliothek* stellt sie englische Autorinnen aus der ersten Hälfte des 20. Jahrhunderts vor, die sich jenseits des etablierten Literaturkanons befinden, jedoch als Chronistinnen und ambitionierte Erzählerinnen eine bedeutende Verbindung zwischen Tradition und Moderne darstellen.

In der Reihe *Anglophilia – die besondere Bibliothek* sind
bisher erschienen:

E. H. Young

William (Band 1)
ISBN 97837-4811-7421

Miss Mole (Band 2)
ISBN 97837-4602-7616

Chatterton Square (Band 3)
ISBN 97837-5195-5744